NF文庫
ノンフィクション

海鷲戦闘機

見敵必墜！　空のネイビー

渡辺洋二

潮書房光人新社

はじめに

「戦闘機が負けるから戦争に負ける」

昭和十九年(一九四四年)の末期に、大本営海軍部に勤務していた源田実大佐は、こう考えて精鋭戦闘機隊の新編を決意した。彼が言う「戦闘機」とは海軍戦闘機隊を指す。

戦争の敗色が濃さを増す理由には諸種あるけれども、「戦闘機が負ける」のは確実に主因の一つに違いなく、特定条件下においては真理と定めてもいい。そこで新型機「紫電改」を装備する第三四三航空隊の司令に転じて、米軍に一矢を報いようと指揮をとったのだ。

航空隊の司令が源田大佐のような切れ味をもつ必要は、必ずしもないだろう。しかし、実際に出動する飛行隊長以下の戦闘機搭乗員には、より優れた技倆(ぎりょう)と判断力、それに闘志が不可欠である。

生命を賭して敵機と相対し、奮戦する。ときには無意味な敗北を避けるため、避退や離脱、迂回行動にうつる判断も必要だ。彼らの行動が戦勝に直結したか否かはともかく、敵が待つ空へ向かって戦果をめざしたのは間違いない。

緒戦時の優勢の空、彼我均衡の前半戦、日を追って戦力差が開く後半戦、そして内地の上空ですら奪われ圧倒された末期の半年間。時期、時期によって、得られる功績の多寡、大小は異なり、搭乗員を襲う苦痛と危険に差が生じる。そうした付随要因にたじろがず、くじけず、ひたすらに交戦を重ねていく。肉体と精神の疲労はいかばかりであったか。

苦戦の度合が増して、それぞれが「死ぬまで帰れない」と諦念を抱いた外地。はるかに強力な敵が押し寄せて、愛機が蟷螂の斧でしかない本土の空。それでも戦闘機乗りの誇りと気概を失わず、戦意を維持し続けた姿に感銘をおぼえる。

整備員、兵器員をはじめ多くの地上員の努力、機器材の開発、生産にあたる技術者、勤労者の見えざる支援を受けて、海軍戦闘機搭乗員たちは勝利を念じ敢然と矢面に立った。太平洋戦争で実用の各種戦闘機を駆って示した、その意気、その覚悟、その健闘のごく一部なりとも、ここに適うかぎり正確につづって後世に残したい。

海鷲戦闘機——目次

海鷲戦闘機

見敵必墜！　空のネイビー

忘れ得ぬ胴体着陸二回

——力量発揮の戦中と戦後

「私は飛行機バカですよ。飛ぶ以外に能がない。とにかく飛ぶことが好きなんです」

「戦争中、落とされるのがいやでした。自分が頑張ればやられずにすみますけど、そうはいかない天候が恐かった」

穏やかな表情も、落ち着いた語り口も好々爺然としてはいるが、全体に凛としたムードがただよう。自身を専門バカ呼ばわりする人が、馬鹿であった例はない。まして、これほどの経歴の人物においてをや。

人間性と技倆の真価は、負の状態にあって発揮されるという。海軍戦闘機搭乗員、航空自衛隊教官、三菱テストパイロットを通じて輝く実績をかさねた本田稔さんが、いまも鮮烈な印象を抱き続ける二度のフォースド・ランディング。その状況と対処に、空の男の真骨頂を見る思いがした。

菊地教員の教え子、第15期飛行練習生の5名と訓練用の九三式中間練習機。全員が戦闘機を専修する。後ろ中央が本田稔三空曹。昭和16年夏、谷田部航空隊で。

豪傑・菊地教員

熊本市郊外の村に住んでいた中学二年の少年は、練兵場に飛行機が来るのを新聞で知り、授業を抜け出して見にいった。飛行機とはどえらく大きなもの、という想像ははずれ、小さな機体からただ一人降りてきたのはなんと女性の操縦士だった。

「これなら俺にも乗れるかも」。にわかに湧き出た飛行機熱を、甲種飛行予科練習生の募集を告げに来校した、佐世保鎮守府からの士官の言葉が煽(あお)った。本田さんの操縦人生の始まりである。

昭和十四年(一九三九年)、中学五年の一学期に甲飛予科練を受験。熊本県からの二〇〇名のうち八名だけが合格し、勉強の甲斐(かい)あって見事そのなかに入った。五期生として霞ヶ浦航空隊で一年半の予科練教育を受けたのち、十六年三月に進んだ飛行練習生は操縦専修。谷田部空で中間練習機教程、つまり赤トンボへの搭乗が始まる。

谷田部空には「ペア（この場合は受け持ち教官／教員と練習生の関係）に入ったら殺される」といわれた菊地哲生（てつお）二空曹がいた。髭モジャの巨漢。乱暴な言動ゆえ剥奪（はくだつ）されたのか、昭和九年の入団だから二線付けているはずの善行章（三年で一線付与）が、右袖に見当たらない。この教員だけは御免こうむる、と念じた本田練習生の願いもむなしく「俺のところだ」と言いわたされた。

自分で自分の技倆を作っていけ――これが菊地兵曹の教育哲学だった。

「教わったとおりに飛んだのでは、菊地の操縦であって本田の操縦ではない。自分で考え出してやれ。教わるのではなく、俺のやり方を盗むんだ」

「飛行機は鞍数（くらかず）（搭乗回数）だ。頭でなく身体で覚えろ」

貫禄充分の下士官、菊地哲生二飛曹。撮影時は階級呼称の変更で上飛曹だった。

九三式中間練習機（きゅうさん）の後席に乗りこんだ菊地教員は、前席と後席の声を伝え合う伝声管を使わなかった。かわりに棒を持ち、頭を叩く。右旋回なら右側を、上昇ならてっぺんをという具合だ。痛くてコブだらけ。癪（しゃく）だし、叩かれるものかと、教わる側は真剣になる。

「本当に人間味のある人でした。日ごとに、この人の言うことを聞いていれば大丈夫、という気持ちに変わっていきます」

菊地哲学は本田練習生の身体に沁みこんで、彼の操縦人生を支え続け、いくたびもの窮地を救うのだ。

その最初のケースは、実用機教程の大分空で生じた。

「射撃が下手」(本田さん談)で、曳航される的の吹き流しに一発も当たらない。指揮所の黒板に練習生のペア三名の合計点が順に記入されるため、本田三飛曹とペアを組むのを皆いやがった。

菊地イズムを応用し、自分流に考える。下手で当たらないなら、うんと接近してやれ。九五式艦上戦闘機で後上方からどんどん迫り、ついに吹き流しにぶつかった。このとき的を引く曳索に左上翼が当たって切れ、補助翼が動かなくなった。乗機は左傾しつつ、ゆるい螺旋を描いて落ちていく。

海面まぢか、夢中でフットバーを踏んだら、補助翼が効かなくても横の舵が使える(横の機動をとれる)と分かった。方向舵をうまく使って姿勢を回復させ、高度をとって大分基地へ。「俺を殺す気が!」。事故にまきこまれかねなかった、吹き流しを引く曳的機の操縦員に殴られたが、〝本田の操縦〟ができた理由を思い、菊地教員の鞭撻にあらためて感謝した。

苛烈のソロモンへ

十五期飛練を昭和十七年一月に卒業した本田三飛曹に、下りた辞令は第二十二航空戦隊司令部付。二十二航戦・陸上攻撃機部隊の作戦を助けるため、臨時に編成された付属戦闘機隊で、陸軍機が主役のマレー半島上空で英空軍と戦った。三飛曹は部隊のあとを追い、仏印（フランス領インドシナ）のサイゴンで着任する。

機材は充足していて、本田兵曹にも専用機の零戦二一型が与えられた。複葉羽布張りの九五艦戦から、九六艦戦をやらないで零戦だから、二階級特進である。花街・祇園のきれいどころの醵金で購われた報国号で、胴体に第四祇園号（第四祇園甲号か？）と書いてあった。「四」が嫌われて乗り手のない零戦だったが、そんな縁起は気にならなかった。

未経験の装備や機構がいくつもあり、それらを熟知するため整備員に教えを請うた。彼らは実直な本田兵曹の願いを快く受け入れ、長所や欠点も合わせて伝授してくれる。さらに、中練でやったように、機内にもぐりこんで装置、計器類を覚えこんだ。これらも菊地イズムの一環と言えるだろう。

この部隊で本田兵曹は初戦果を記録した。密林の上空で二機のブルースター「バッファロー」戦闘機を追い、一機を落とした小隊長が手信号で「二機目はお前がやれ」と伝えてきた。性能に勝る零戦で後上方に占位した、まったく有利な状況なのに、樹上スレスレを左右へ逃げる敵機を捕らえきれない。やがて相手はきわどい操縦を維持しきれず、木々の中に突っこんで果てた。

あとで小隊長から「馬鹿野郎っ」と一喝された、まずい空戦の主因は、乗機を操るのが精

増槽を付けた零戦二一型がラバウル基地からガダルカナル島へ向かう。搭乗員は片道４時間ちかい長距離飛行に耐えた。

いっぱいの腕前なのと、射撃距離が遠すぎたためと判断。自分にとっての必墜法は肉薄射撃なのを肝に銘じた。

その後二十二航戦司令部付戦闘機隊は鹿屋（かのや）航空隊に編入され、スマトラ島北西端のサバンで穏やかな日々を送ったが、九月にラバウルへ移動し、一転、最激戦のガダルカナル島攻防に参入。ガ島制空三回目の二十九日に、本田二飛曹（五月に進級）は列機として搭乗割（出動メンバー表）に入った。

ラバウル〜ガ島一〇四〇キロの往復は七時間、空戦時間一五分の代表的データに対し、本田さんは「八時間かかります。目標上空で戦えるのは五分だけ」と語る。長時間座り続けるため「鬱血（うっけつ）して尻が腐ってくる感じ。体力の勝負でした」

十一月一日付で鹿屋空零戦隊は第二五三（ふたごおさん）航空隊に改編され、ソロモン諸島と東部ニューギニアの航空戦を続行する。毎回のように搭乗割に入った本田一飛曹（旧二飛曹。階級変更による）は、分隊長やベテラン下士官の二番機を務め、空戦のエッセンスを身に付けていく。

制空戦で三機編隊の小隊長を任されたのは十八年の二月初め。二番機でいたあいだの経験をもとに、ここから本田流の空戦法を開始する。

敵戦闘機に勝つには、こちらの高度が高い優位戦に持ちこまねばならないが、機の性能や機数、情報力などの差から困難だ。せめて高度が等しい同位戦で戦いたい。自分は射撃下手だから近づく必要がある――そこで考え出したのが、零戦にとって最も有利な左上昇旋回を使って、敵と同高度で正対する反航戦に持ちこむ方法だ。正面衝突の恐怖で相手が反転する。この瞬間、距離が近いから、弾道特性が悪い（直進距離が短い）二〇ミリ弾を当てられるわけである。

優れた操縦技倆と堅い信念、非常な胆力を要する我流戦法は、本田兵曹に米戦闘機グラマンF4F、ロッキードP-38、ベルP-39の撃墜をなさしめた。反面、列機が追随しきれない短所があったが、背に腹は代えられなかった。

原色に囲まれる

四発、双発の爆撃機に対しては、高度差をとって逆落（さかお）としに下方へ抜ける、背面ダイブと呼ばれた直上方（ちょくじょうほう）攻撃を多用した。十八年二月一日には井上誠上飛曹と本田一飛曹指揮の二個小隊五機が、ブーゲンビル島ブイン湾の艦船を目標に、P-38とともに来襲した第8爆撃機兵団のボーイングB-17九機を攻撃し、難攻不落と評されたこの四発重爆四機を確実撃墜する大戦果を報じている。

腕のいい戦闘機乗りは、自身の能力で対応し得る対戦闘機戦よりも、防御火網をくぐらねばならない対爆撃機戦を概して嫌った。本田兵曹もその例にもれず、そして一撃を食らう苦い空戦を経験する。

東部ニューギニア北岸のラエへ向かう陸軍輸送船団の、上空警戒は陸海軍協同で実施された。ラバウル出港翌々日の三月二日の空襲は、航続力の関係でB－17の中高度爆撃だけだったため、輸送船一隻沈没の被害ですんだ。

船団の目的地への接近は、敵双発機作戦圏内への接近でもあった。難関ダンピール海峡を越え、フォン湾口に入った三日朝、オーストラリア空軍のブリストル「ボーファイター」双発戦闘機一三機を先駆けに、第43爆撃航空群のB－17一三機、第3、第38、第90爆撃航空群のノースアメリカンB－25双発爆撃機合計三一機、第3爆撃航空群のダグラスA－20双発攻撃機一二機が波状攻撃をかけてきた。掩護は第38戦闘航空群と第45戦闘航空群のP－38二八機。B－17以外は低高度爆撃を加えて命中弾が多く、船団は全滅にいたる。

二五三空の行動調書には、分隊長・飯塚雅夫大尉が第一直の零戦一五機を指揮し、同時に防戦を展開したように記され、本田さんの記憶とはかなり違っている。公式報告書と関係個人の述懐が異なるのは、とくに珍しくはない。以下、本田さんの回想にもとづいて記述する。

船団の上空にあったのは本田小隊三機と高橋醇一二飛曹の小隊三機。交代の陸軍機が東から来るはずなのに、南の空に多くの点々が現われた。距離が縮まって敵機群と分かる。先頭のA－20がどんどん高度を下げてきた。
高橋小隊をP－38へ向かわせ、本田一飛曹は船団への攻撃を阻むべく、迫り来るA－20の長機を指向した。背面ダイブでは引き起こす前に海に突入するから、浅い角度の前上方攻撃を加え、後下方へ抜ける。このとき激しい衝撃に襲われた。

眼前の、前部固定風防の内側に被弾して、計器板も七・七ミリ機銃二梃も破壊され、大穴が開いていた。すれ違いざま敵の機首機銃の射弾を受けたのだ。幸いにも身体は無傷で、動力関係にも異常がない。「もう戦えない」と戦闘空域を離脱する一飛曹に、二番機（行動調書によれば泉義春飛長）がついてきた。

本田機を撃った敵はなにか。A－20Aなら四梃の機首機銃は七・六二ミリだから、さほどの破壊力はない。真っ先に飛来したことを考えると、機首下部に二〇ミリ四梃を備えたオーストラリア空軍の「ボーファイター」だったように思われる。

第3爆撃航空群のダグラスA－20A双発攻撃機が飛行中。本田一飛曹が3月3日にねらったものと同じ部隊の所属機だ。

西へ三六〇キロ飛び、ニューブリテン島南岸の不時着場ガスマタまで来た。被弾時にやられて片脚しか出ないのが、飛行感覚で分かった。引っくり返らないように、まず左翼端を接地させて力を受けさせ、次に片脚を着けて草地をこすって進み、ガシャンと停止した。

　飛行機を壊すまいとして搭乗員が死んだケースを、本田一飛曹はいくつも知っている。機が裏返ったときも死亡しやすい。逆に大破状態なのに、ふしぎに軽傷なのをよく見受けた。だから乗機を壊すのを躊躇（ちゅうちょ）しなかったのだ。

　これが彼の一回目の胴体着陸である。

　ガスマタには誰もいないようだった。周囲は湿地帯のジャングル。水辺にワニが何頭もうごめくので、風防を閉じ操縦席から離れなかった。

　夕方、周りの緑の木々が、赤と黄に変わった。おびただしい数の原色の鳥が枝という枝にとまって、視野をふさぐ圧倒的な光景である。本田兵曹には、この壊れ果てた第四祇園号の最期を看取るため、祇園の芸者衆が鳥に姿を変えて降りてきたように感じられた。

　二番機の報告で、翌日の昼に九七式艦上攻撃機がラバウルから迎えに飛んできた。このとき彼は、初めて機外に出たのだった。

民間テストパイロット

三四三（さんよんさん）空・戦闘第四〇七（よんまるなな）飛行隊の「紫電改（しでんかい）」搭乗員として、本田飛曹長は敗戦を迎える。

いわゆるポツダム少尉で、司令だった源田実氏らと熊本・五家荘（ごかのしょう）の山にこもったのち復員。福岡の製材所で働いていた昭和二十八年、仕事で上京したおり、観相学者・水野義人氏の看板を目にした。予科練のころ、全員が水野氏に骨相による適性判断をされたのを思い出し、興味がわいて観てもらった。水野氏は本田さんの顔をじっと見て「あなたは本来の仕事に返ります」とだけ言った。

観相学おそるべし。二年後に航空自衛隊パイロットに応募して合格し、「本来の仕事」である飛行機操縦の世界に復帰。三尉の階級、ビーチクラフトT-34をふり出しに、ノースアメリカンT-6、ロッキードT-33と練習機のレベルを上げつつ訓練を進め、それぞれの教官も務めた。

ノースアメリカンF-86Fジェット戦闘機を経験してややたったころ、管制教育団の教官だった本田二尉は、人事部長から「三菱でテストパイロットを欲しがっているんだが」と打診された。未知数の機に乗り、さまざまな飛行データを調べ集める任務は、飛練で叩きこまれた菊地哲学の、究極の域と言えるだろう。強い興味を感じ、応じて退官、新三菱重工業・名古屋航空機製作所に入社したのは昭和三十八年（一九六三年）八月だった。

本田さんの三菱入社は、その年の九月十四日に初飛行するMU-2（エムユーツー）に関係していた。小型双発で運動性がいい汎用（はんよう）機のテスト飛行に、戦闘機出身のベテランパイロットを同社が望んだことが歴然である。

38年９月、MU－２の試作初号機が愛知県小牧の工場エプロンで動力関係のチェックを受ける。後方は新三菱重工業が国産化を担当した航空自衛隊のF－86F戦闘機。

〝戦後〟の認識がようやく薄れた三十四年の秋に胎動をみた小型民間機構想は、翌年末、欧米市場の穴場をねらう双発ターボプロップ・ビジネス機に方向が定まった。三十六年三月に形状と装備の原案が決まり、三十七年六月には型式証明の申請にさいして、Mitsubishi と Utility（汎用）の頭文字に社内規定の識別番号2を組み合わせた、MU－2の呼称を定めて使用した。

昭和二十九年に技能者養成工として入社した長田（おさだ）稔公（としひろ）さんは、ジープを手初めに、F－86（米軍機の修理とライセンス生産）、YS－11試作双発輸送機の各種作業に従事した。MU－2には三十七年四月の試作作業スタートから加わり、前部胴体の艤装品組立や試作機完成後のテスト・整備作業に携わって、整備士のライセンス（MU－2関係者では第一号）も取得している。

フランス製のチュルボメカ・アスタズーⅡを動力に選定したのは、ほかに好適なエンジンがなかったからだ。長田さんは言う。

「スタートに手こずるときもあったが、コンパクトにまとめてある点はいいエンジンです。いちばんのネックはパワー不足。扱った期間が短いので、システムや部品呼称になじむ間がなく、メーカーの技術者に委ねるところが多かった」

フランス流のミリ表示は、米式のインチ表示に慣れた者に違和感を抱かせた。

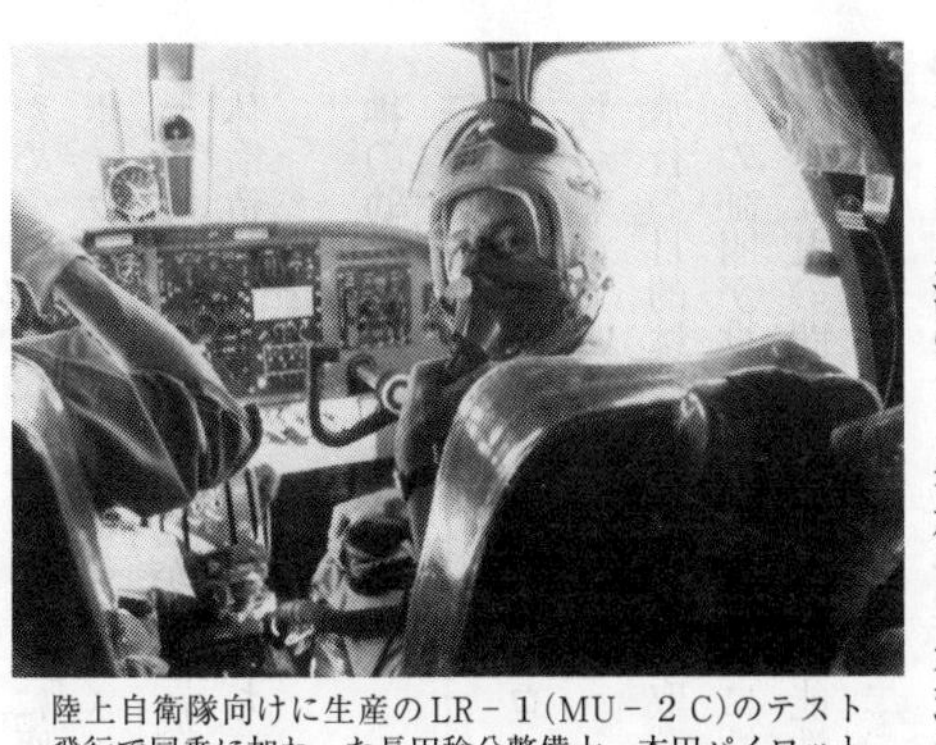

陸上自衛隊向けに生産のLR－１(MU－２C)のテスト飛行で同乗に加わった長田稔公整備士。本田パイロットは彼の技術に全幅の信頼をおいた。42年５月の撮影だ。

本田さんの入社時に飛行課にいたパイロットのうち、MU－２に関わったのは三名。第六十六期海軍兵学校生徒・艦上爆撃機出身で小牧工場長を兼ねる高岡迪氏がトップで、日本ヘリコプター輸送から来た関口朝生氏とともに初飛行を担当した。

高岡パイロットの操縦を地上から見て「小舵の効きが悪いな」と本田さんは感じた。この場合は、微妙な機動をとりにくいという意味だ。それは、短距離離着陸を図って主翼の後縁を全部フラップにし、補助翼のかわりに細長いスポイラーを翼上に設けて、その開閉により横の操縦を制御する、珍しい方式のせいだった。

民間の操縦資格を取り、スポイラーの感覚になじむためのお粗末な地上訓練装置に座った。ついで飛行を始めた本田パイロットは、低速時のスポイラーの効きの悪さとノーズヘビー、機速が落ちると回転数が増すエンジンのおもしろい特性、宙返りは無理だが垂直旋回（機を大きく傾けての水平面での旋回）ができる頑丈な機体構造――などを短時間のうちに把握した。

神の助けがあったのか？

三十九年二月、午前九時ごろに試作二号機が名古屋空港（航空自衛隊・小牧基地）を離陸した。左の操縦席には本田パイロット、右の座席に航空局の検査官、後ろの四席に社の技師たちが乗っていた。

飛行の目的は性能データの採取。数字の良否で開発続行か再考するかを決める。検査官は飛行の証明が役目だ。つぎつぎに性能を測定したのち、パワーダイブ時の速度計測と、フラッターなどの問題が発生する可能性を調べるため、四〇度を超える急角度の降下に入れた。速度計が二八〇ノット（約五二〇キロ／時）を指したとき、厚板が折れたときのような破壊音と衝撃が来た。なにが起きたのか分からない。すぐテストを中止し、高度を下げて地上から見てもらうと、前脚のカバーが降下時の風圧でねじ曲がっていると知らされた。

なんとか脚を出そうと操作し機動してみたが、効果なし。技師たちが床材を外して、脚カバーを開けようとしたが叶わず、飛行中の作業に酔ってぐったりしてしまった。前脚と電動連結式だから主脚も出ない。どのみち、胴体着陸以外に打つ手はなくなった。

本田パイロットは胴体着陸を、電話で地上へ伝えた。機体強度は充分だし、推力もある。彼の腕ならまず失敗はない。だが返ってきた声は「プロペラを痛めないで降りてほしい」だった。

エンジンは位置が高いから直接の破損はないが、プロペラがY字形に止まれば滑走路に当たって曲がり壊れる。フランスから代品を取り寄せるのに六ヵ月かかり、その間テストは停滞して、MU－2そのものが葬られる恐れがあった。名航トップの疋田（ひきた）徹郎所長も「なんとか、ならんか」と頼んできた。

やるしかない。成功に必須の条件は、機が傾かないよう両エンジンが同時に止まり、そのときプロペラが三菱マーク形（逆Y字）をなしている二点だが、とりわけ後者は運が一〇〇パーセントである。

航空自衛隊の協力を得て、滑走路にありったけの消火液をまいた。それでも範囲は二〇メートル×一〇〇メートルで、上空からは点でしかない。地表を報道陣が動きまわるのが見えた。燃料残量計が0を指すまで空港の上空を飛ぶ。空中でMU－2のエンジンを止めた経験はない。着速を計算し、第一に同乗者の生命、次が飛行機だ、と本田パイロットは思いつつ進入パターンをくり返した。

いよいよだ。神に祈り、高度二〇メートルでスイッチオフ。両エンジンはぴたりと止まり、

上：名古屋空港の滑走路へMU－２第２号機(JA8625。MU－２A)が胴体着陸にかかる。左右の傾きがない完璧な操舵。両プロペラが逆Ｙ字形をなしている。下：消火液におおわれた路面を２号機が滑る。文句のつけようがない胴着ぶりだ。

二つのプロペラが奇跡的に三菱マークを成した。パイロットの双眼は感激の涙でうるおった。

燃料なしの軽い機体を、一〇〇キロ／時のごく低速で接地させ、路面をこすりながら一〇メートル滑る。消火液散布部分の真ん中で二号機は停止した。零戦での一回目から二〇年、二回目はこれ以上は望めない見事な胴着だった。酔いと精神的疲労と安堵とで、同乗者たちは声もない。駆けつけたスタッフがすぐ本田さんを社屋へ連れていき、報道陣から遠ざけた。

機体損傷は最小限ですんで、修復して再使用できる。胴体着陸と同じ二月、アメリカ製の

TPE331エンジンへの換装が決まり、これをB型とし、試作の三機にはA型の呼称が付けられた。

本田パイロットはB型以降の全型のテスト飛行を続けた。その間、つねにメカニカルな面を担当し、リードマンから副作業長、作業長へとランクを高めていった長田さんは、回想しなつかしむ。

「本田さんの技倆は最高。『そんなことで飛べるか！』と言い返されるようなフライト整備側の頼みでも、本田さんは『よっしゃ』と引き受け、有用なデータを持ってきてくれました」

売り込みのデモ飛行でヨーロッパ、北米・南米の各国をまわった。ILS（計器着陸システム。電波で着陸を誘導する）未装備のMU－2で、土砂降りのなか、接地直前まで滑走路が見えないイギリスの飛行場に、GCA着陸誘導管制（滑走路への進入をレーダーで誘導）だけで降着。フランスでは同級機のビーチ「キングエア」が辞退した、銀行頭取邸宅の庭への着陸を、敢然と挑んで成功させた。またドイツ・ハノーバーの航空ショーで、垂直離着陸ができるP1127（のちの「ハリアー」攻撃機）の突飛な飛行に霞まないように、プロペラをリバース（逆ピッチ）にし後ずさりのかたちで滑走路へ向かい、好評を博した。

高岡さんが会長の三菱オールドネービー会があり、品質管理課の岡野允俊（みつとし）さんも会員に加わって、本田さんに出会った。甲飛予科練で一〇期後輩、敗戦で飛練へ進む機会を得なかっ

本田パイロットがハーツェル・プロペラに手をそえる。エンジンを強力なTPE－331に換装したタイプ（４号機以降）で、飛行性能だけでなく整備の面でも好評だった。

た岡野さんは、大先輩の人となりに敬意を覚えた。

「まじめな人。けれども、融通のきかない堅物ではなく〝頼れる兄貴〟です。テストパイロットとして確固たる冒険家」

本田さんのパイロット人生に魅せられ、その海軍時代を達者な筆でまとめた『本田稔空戦記』（光人社NF文庫）を上梓（じょうし）した。

「スポイラー方式だが、悪いところがほとんどない。量産してほしかった」と本田さんが高い評点を与えた、リアジェット・タイプの後継機MU－300の初飛行も、自身が操縦環（操縦輪）をにぎって成功させた。

昭和五十八年（一九八三年）四月二十六日、本田パイロットは最後のフライトでMU－2に搭乗した。隣りの席には、最大の信頼を寄せた長田作業長が座っていた。日本アルプスから富士山を巡って四〇分あまり飛んだのち、空の男は地上の人に身を変えた。

「私は戦争の真相などは知らない一パイロットです。戦地では、エースとか撃墜王とかは考えたこともありません。零戦もＭＵ－２も、楽しさより苦労のほうが多かった。それでも飛んでいたい。いい戦友、同僚、知己に恵まれました。そして、私の健康を気づかい、子供を育て、あらゆる苦労をこなしてくれた家内がいればこその操縦人生でした」

この言葉に感銘を受けない男はいないだろう。

丙飛の零戦ここにあり
――ひたすら飛んで闘った

「丙飛はなんとなく上手（うま）い。本当の飛行機乗り、という感じ。どこがどうとは説明できないが、われわれとは違う印象を受けたものです」

　ちょうど三〇年前、甲飛予科練の十期出身で戦闘機搭乗員だった人から、取材中にこう言われた。被取材者だって実戦をなんどもこなし、「雷電」でも出動しているから、戦争末期にはりっぱな中堅だ。それに、「他人に負けるか」といったある程度の自負心がなければ、戦闘機乗りは続けられない。

　彼の言葉が的を射ていると分かってきたのは、それから何年かのちだ。いまはその意味を、実感のごとくに理解できる。

　はじめから搭乗員に仕立てる目的で採用した乙飛、甲飛の飛行予科練習生は、ほとんど落伍なしで飛行練習生教程を終えていく。そのために選抜して入隊させたからだ。

ところが水兵や機関兵から募集して、役に立ちそうなら転科させる方針の丙飛予科練生（前身の操縦練習生も）に対しては、訓練途中で遠慮なく落伍を告げて、元の兵科へ送り返した。無理に搭乗員に育てなくていいとなると、対応が違うのだ。

予科練生になる以前に海軍兵の基本ができていて、悪く言えば厳しくぞんざいに扱われた丙飛が、実施部隊で飛行作業にはげむころには、甲飛から（「自分たちこそ予科練本流」のプライドがある乙飛は感受性が少し異なる）「丙飛はうまい」と一目置かれるわけである。

丙飛出身の零戦搭乗員たちのそれぞれが、どんな戦い方をしたのかを、つぶさに書き記すのは不可能だ。そのうちの一名に登場願って、「悔いを残さなかった戦争の年月」の心意気を知っていただければと思う。

機関兵から操縦席へ

開戦まであと半年あまりの昭和十六年（一九四一年）五月初め、海軍を志願し横須賀海兵団に入った若者のなかに十五歳の吉成金八（よしなりきんはち）四等機関兵がいた。専門技術の習得を示す特技章を、持たない無章の機関兵は、海兵団を終えて館山航空隊に入隊。最下級の隊員で、水上偵察機を扱う整備員から雑用を言いつけられるうちに、飛行機乗りへのあこがれが育っていく。十二月の開戦はそのまま館空で迎えた。

偵察員教育の大井空に転勤後の十七年秋、第十四期丙種飛行予科練習生の募集があった。

上官に教えられ、すぐに希望を出して検査を受ける。海兵団の時点で丙飛に応募していれば、七〜八期に選ばれる可能性があったが。とはいえ丙飛の最終募集（十七期）が半年後だから、なんとか間に合ったとの感もある。

昭和18年1月からの飛行練習生教程で谷田部空に入隊し、最初にプライマリーでの滑空訓練を土浦空へ出向いて実施した。

倍率は思ったより高くなく（吉成さん談）、首尾よく合格し、十一月から三ヵ月の予科練教育期間を岩国空ですごした。学歴が似た乙飛の予科練教程二年にくらべ格段に短いのは、既述のように、すでに海軍兵の基礎知識を実体験していて、搭乗員関係の飛行予科を教えればすむためだ。

第三十期飛行練習生の操縦専修は、十八年一月以降の一〇ヵ月間だ。谷田部空に入ってまず乗ったのは初級滑空機。グライダーが置いてある土浦空へ出向いて、空への第一歩を印し「搭乗員にコースを変えたのは大正解」と胸がおどった。

九三中練に乗って操縦を覚え、蹴球（サッカー）で鍛えたおかげか戦闘機専修に決定。無章だった彼の上着に、飛行科（操縦）の特技章が付いた。その後の徳島空で

館山基地で二五二空の兵搭乗員が集まった。イスに座る左端が吉成金八飛長。ドラム缶ストーブが頼りの18年２～３月だ。

の訓練は九六艦戦と零戦で飛ぶ。飛練卒業まぎわに上等飛行兵から飛行兵長に進級し、仕上げに築城空で母艦用の定着訓練を経験した。まだ日本に機動部隊が残されていた時期だった。

日本軍最東端の飛行場、マーシャル諸島のタロアで戦力を消耗した二五二空が、木更津基地で再建にかかったのが十九年二月。吉成飛長はここに着任し、まもなく部隊は、彼の古巣で同じ千葉県内の館山へ移る。

四月一日付で二五二空にも空地分離が導入されて、飛行機隊は戦闘第三〇二飛行隊（定数四八機）に改編された。ほぼ同時に主力を三沢基地へ移動し、錬成を続行。二五二空が配属された第二十七航空戦隊（第七空襲部隊）は四個航空隊で編成され、北海道と千島列島へ進出して北東方面の防備を受け持つ計画だった。二五二空には美幌が予定されており、三沢への北上はその布石とも言えた。

五月から下士官に昇進した吉成二飛曹は、三沢で二機二機の実戦用編隊機動をマスターして、ひととおりの操作と対応を身につける。射撃も太平洋上で曳航標的（吹き流し）に七・七ミリ機銃を撃ち、発射把柄（レバー）をにぎるタイミングをしっかり覚えた。さらなる技倆の向上は、戦地で実戦を経験するだけだ。裏街道の戦場である北千島は会敵率が低く、来てもアリューシャンからの爆撃機だけなので、新人向きではあった。

米機動部隊がマリアナ諸島へ来攻する、と分かったのが六月十一日。十四日に艦砲射撃が加えられ、十五日にはサイパン島への上陸が始まった。同日の未明、連合艦隊司令長官は「あ」号作戦決戦を発動し、二十七航戦は決戦予備兵力を命じられた。

米艦上機群は十五日の午後に小笠原諸島を攻撃。マリアナの後方基地・硫黄島の邀撃（ようげき）戦力の大半が失われたため、横須賀空と二十七航戦は八幡（はちまん）空襲部隊を編成して、同島への進出を命じられた。八幡部隊の主要戦闘機戦力たる二五二空・戦闘三〇二の行く先は、北から南へと一変する。

空の戦場・硫黄島

三沢にいた戦闘三〇二は六月十六日に館山にもどり、出動準備を進めた。命令された硫黄島への進出日は十八日までとされていたが、四〇機以上の零戦五二型の完備はとても無理だ。乾坤一擲（けんこんいってき）のマリアナ沖海戦が十九～二十日に惨敗に終わって、八幡部隊としての作戦が解かれたのちも、硫黄島派遣隊と名を変えた任務内容は継続のままだった。

二十一日の午後一時に、まず飛行隊長・粟信夫大尉が指揮する二五機が、七五二空の一式陸攻三機の誘導を受けて洋上を飛ぶ。途中で不調の二機が引き返し、二三機は五時ごろ硫黄島南西端の摺鉢山寄りにある千鳥（第一）飛行場に降着した。

千鳥の状況はすぐに米軍に察知され、二十四日の早朝から空母を発した第1、第2、第50戦闘飛行隊のグラマンF6F－3が大挙押し寄せた。同じ八幡部隊の横空、マリアナが担当域の三〇一空・戦闘六〇一の零戦とともに、戦闘三〇二は全二三機が出撃したが、不利な劣位戦におちいって、粟飛行隊長を含む七機が帰らなかった。

飛行隊長以下の戦死を分隊長の木村国男大尉から知らされた、館山基地の待機搭乗員の心中はざわめいた。粟大尉は部下思いだった。「技倆に秀でた大尉が、F4F（交戦機の報告）に食われるとは」と吉成二飛曹も不安を抱いたが、半面で「負けんぞ。仇討ちする」の決意がわき出すのを感じた。

吉成兵曹が加わった硫黄島第二次派遣の一六機は、木村大尉の指揮で二十五日の昼すぎに館山から硫黄島へ向かい、四時間後に千鳥飛行場に着いた。三十日にはさらに一三機が移動して、戦闘三〇二は戦力の大半を硫黄島に展開する。

七月三日の朝が吉成二飛曹の実戦初出動だった。空襲警報を受けて木村大尉以下の一三機が午前七時ごろに発進し、硫黄島周辺を哨戒する。小隊長機をななめ前方に見て追随するあいだに、二飛曹の極度の緊張は徐々にゆるんで、二時間飛んだのちに降着。このときF6F

戦闘第三〇二飛行隊の吉成二飛曹が硫黄島に出て、初見参した軽空母「キャボット」搭載の第31戦闘飛行隊のＦ６Ｆ－３「ヘルキャット」。この着艦機はフックが７本の横索にかからず、バリアー索に当たる直前の画像だ。

群と会敵しなかったのは、「運がよかった」という彼の回想どおりだ。初陣の精神状態を、被害なく味わえたのだから。

彼が搭乗割に入らなかったこの日二度目の出動は、様相がまったく異なっていた。午後二時半すぎ、空襲警報で上がった戦闘三〇二の二八機は三〇一空・戦闘六〇一の零戦三一機と合同。ほかに横空も加わったが、いまだ態勢不充分なときにＦ６Ｆ群とぶつかって、三〇二は一〇機を失った。空戦に不慣れな搭乗員には耐えにくい状況だった。

続く四日の空襲警報は早朝で、午前四時半に一七機が離陸した。七〇キロ北方の北硫黄島へ向かう途中、右手（東方向）上空にＦ６Ｆ（軽空母「キャボット」からの第31戦闘飛行隊所属機）を見つけ、半数ほどが自己判断でグラマンに向けて離脱する。はやる敵愾心とあせりからの行動だ。

ベテラン・角田和男少尉の三番機に位置していた

吉成二飛曹も、黒い敵影を見て脅威を感じつつ戦意がわいたが、長機に随行。木村大尉以下は北硫黄島上空で戦闘六〇一と会合ののち、高度を取りつつ南下し、硫黄島を眼下にF6F群（空母「ワスプ」からの第14戦闘飛行隊所属機）と戦う。

戦力不足の劣位戦ゆえに、まともな編隊機動をとれず、たいていは捕捉されないように逃げるしかなかった。歴戦の角田少尉が列機の機動を考えてうまく飛んでくれたため、二飛曹ははぐれずに敵の追撃を逃れ得た。しかし四番機の久木田一飛曹は、どこで機位を失ったものか帰投（帰港投錨を略した帰還の意味の海軍用語）できなかった。

この戦いで吉成兵曹が身に付けた経験値は、彼の以後の運命を左右したと言えよう。敵機におびえず、いたずらに空戦を恐れない度胸と冷静さを獲得し、「角田分隊士のリードで救われた」ことを胸に刻（きざ）んだ。

対B－24直上方攻撃

米艦戦の硫黄島への来襲はいったん止んで、サイパン島に進出した第7航空軍・第30爆撃航空群のコンソリデイテッドB－24Jによる爆撃が八月十日から始まった。

二回目のB－24空襲は十四日だ。吉成さんの記憶では、着任したての二十七航戦の新司令官・市丸利之助少将（八月十日付）が訓示中に、南南東方向に敵を捕らえた電波探信儀（レーダー）情報が入ったそうだ。

硫黄島の上空を第30爆撃航空群・第392爆撃飛行隊のB－24Jが航過する。島の右端が南西端の硫黄島で、画面左端あたりに千鳥飛行場がある。島から噴き出しているのは火山性の地熱による水蒸気。高度はさほど高くない。

空襲警報がわりに、吊るした酸素ビンが乱打される。積極策をとる市丸少将は「飛行機がなくなってもいいから、思い切って行け」と気合を入れた。

彼らのうち固有機を持つのは、つねに率先出動の木村大尉だけで、空中で識別可能なように胴体に帯を塗っていた。それ以外の機は誰が搭乗してもかまわない。三小隊三番機の吉成二飛曹は十四日、手近の機に乗りこんだら252－60号機だった。三号爆弾なしだが、付けている時間はない。

戦闘三〇二の一一機の出動は午前九時すぎ。木村大尉がひきいる一小隊の二番機・若林良茂上飛曹と三番機・石田博俊上飛曹、そしてもちろん三小隊の一番機・角田少尉を含んで、四名は空戦を指揮しうる技倆を有していた。

B－24の高度は七〇〇〇メートル。零戦一〇機は爆装なので上昇が遅く、敵機に飛行場へ投弾させてしまう恐れがあった。編隊内での無線電話は使わないルールだ。大尉は唯一軽快な吉成機の方を向いて、手先信号で「お前は爆装なしだから、先に上がれ」と命じた。

スロットル・レバーを押して全力上昇に移った吉成機は、他機を尻目にどんどん高度をかせいで、爆撃前のB－24の上空に達した。ほぼ同高度に一八機編隊が向かってくる。

視線をずらすと、いくらか下方にもうひとつ大型機の集団が見えた。高度差があるこの二〇機編隊の方がやりやすい。搭乗割に入らなかった十日の来襲時の戦果は、撃破どまりだったので、「確実（撃墜）をやってやろう」と決めて、敵上空へ突進。横転から反転に入れて、直上方攻撃に移る。

背面姿勢を垂直降下にもっていき、二〇ミリ弾を一〇発ばかり放つと、先頭の小隊の一機から炎が見えた。「やれる！」と直感して降下続行。敵各機が撃ってくる曳跟弾で周囲が赤い。すぐ距離三〇〇メートルあたりまで近づき、機首部をねらって斉射にかかる。

B－24の機首先端をきわどく抜けた吉成兵曹は、下方で機を起こして二～三旋回し、距離をとって上昇した。被弾の敵から火がチラチラ見えるが、まだそのまま飛んでいる。再攻撃に決めて高度を取りつつ後ろから近づき、防御火網をぬって、高度差が大きな後上方からの第二撃を、機首部に加えた。

これで深手を負ったB－24は、みるみる速度を落として編隊から離れていく。すみやかに高度を下げ、パラシュートを二つ落として、風上へ向かいながら海面に接触。瞬時に主翼が折れるのを、二飛曹は目撃した。敵クルーを気遣って、洋上飛行用に座席の後ろに積んであるゴムボートを、落としてやろうかと迷った。

この機の被弾、墜落がほかのB-24をひるませて、零戦の一時間あまりの戦いは十日のときよりは有利に進み、撃墜一（吉成機の戦果）、不確実撃墜一、撃破一を記録し、零戦の損失はなかった。

撃墜の充足感に満たされたのは、飛行場に降りてからだ。自身の機動が功を奏しての結果に、身体の震えを覚えるほどだった。夕方、木村大尉が該当海面へ確認に飛んで、「おい吉成、お前が落としたコンソリ（B-24）はまだ燃えていたよ」と教えてくれた。

着任早々の市丸司令官は喜んで、翌日に『あを空に敵は乾坤のがれつつ　落下傘にて降るはヤンキー』などと描きこんだ、得意の色紙を二枚、彼にわたしてくれた。さらに清酒五本と、海軍御用達の虎屋のヨウカン五〇棹が、司令官賞として添えられた。

不時着負傷に理由あり

吉成二飛曹の硫黄島邀撃戦は、これで終わった。八月十九日、到着した零式輸送機に木村大尉、角田少尉らと乗りこんで、館山基地に帰還したからだ。

戦闘三〇二の三分の一ほどの戦力（人数ではない）は、所属を二五二空直属に変えて硫黄島に残留。主力が館山にもどったのは、次期作戦に備える戦力再編が目的だ。吉成二飛曹が

零戦五二乙型に搭乗した吉成兵曹。右手の先に触れているのが三式十三粍固定機銃の後部で、不時着時などには負傷につながる感じがして、いやがる搭乗員が多かった。

帰還組に入ったのは、みごとなB－24撃墜ゆえだろう。

基地は同じ千葉県内の茂原(もばら)へと変わり、二五二空指揮下の他の三個飛行隊とともに戦力充実をいそぐ。その一環として十月初め、二飛曹は上官とともに木更津の第二航空廠へ新機材を受領におもむいた。

受領前の試飛行を命じられたのは、胴体右舷の七・七ミリ機銃を、実口径一三・二ミリの三式十三粍(ミリ)固定機銃一型に換装した零戦五二乙型。機銃の後部が操縦席内へ大きくはみ出していて、肩を打ちそうなこの新装備の形に、彼はいささかの扱いにくさと危なさを感じた。

東京湾を背にして、町の方向へ離陸する。高度を二〇〇メートルまで取ったとき、前ぶれなくエンジンが止まった。視界にすぐ入ったのは小学校の校庭だ。不時着するつもりで目をはしらせると、爆音を聞いて興奮した子供たちが校庭に出てきてしまった。降りれば傷つけるかも知れない。

隣接する小規模な水田に降りようと決めて、メインスイッチを切った。計器板に靴を乗せて踏んばり、身体が一三ミリ機銃に当たらないように、右手を射撃照準器の横につく。操縦桿は左手に持ちかえた。

零戦は稲と畦（あぜ）をけずって進み、操作どおり土手にぶつかって止まった。スイッチ断なので火を噴かず、機体は壊れたが、鼓膜が破れ口を開けない吉成兵曹は生きていた。意識もいくらかあって、自分でバンドをはずしたのちに気絶。警察、警防団がすぐに集まり、木更津の第一海軍病院に収容された。

まもなく戦闘三〇二を含む二五二空は、フィリピン行きの日程が固まった。分隊士の二神（ふたがみ）勝中尉が二飛曹のベッドにやってきて「お前をここに残していくのは、かわいそうだから」と、軍医と相談のうえで九〇式機上作業練習機に乗せて、茂原基地へ連れ帰ってくれた。

戦闘三〇二は十月十九日に全力で、中継地の第二国分基地へ向かった。茂原基地の病室に入った二飛曹は、二～三ヵ月のあいだ負傷からの回復に努め、この間の十一月一日付で一飛曹に進級する。

ルソン島クラーク地区などを基地にフィリピン決戦を戦い、苦闘ののち壊滅した戦闘三〇二は、台湾に後退し二〇五空の指揮下で特攻を作戦の主務にした。吉成兵曹が負傷しなかったら、生還しえたか否かは定めがたい。

関東防空の序章

フィリピンで二二一空に属して戦力を失った戦闘第三〇四飛行隊は、二十年一月十五日付で、再建に向かう二五二空の指揮下に入った。搭乗員の多くは他部隊からの補充で、ようやく負傷が癒えた吉成一飛曹も戦闘三〇四に転勤し、館山基地へ移動する。

一月から二月にかけてマリアナ諸島からのB－29が、中島・武蔵製作所への高高度爆撃のためくり返し侵入した。まだ態勢が整わない戦闘三〇四も一部が邀撃に上がり、そのなかに吉成兵曹も加わった。

投弾後の超重爆を、九十九里浜上空九〇〇〇メートル以上で待ち受ける。かなりの機首上げ姿勢で、ほとんど浮いているだけ。この高空をB－29は高速で飛んでいく。待機空域が少しはずれれば、攻撃のしようがなかった。新品の零戦で計器高度（真高度よりも数値が高い）一万三〇〇〇メートルが彼の記録だが、とうとう一撃も加えられなかった。

それから間もない二月十六日、早朝から米艦上機が内地への初空襲をかけてきた。翌十七日も連続空襲で、実戦経験者の吉成兵曹は搭乗割に入ったが、エンジンの調子が悪くて最初の出動は見送った。やがてトラブルが収まり、飛長を列機につけて二機で上がった。

遠くに敵機群を見つけた。ブヨの集団のように数が多い。ざっと二〇〇機、と吉成兵曹は見当をつける。硫黄島での空戦でF6Fは強かった。「好条件をつかまないと、つっかかれない」とは分かっていても、敵を目前にして避ける気はない。飛長の機もついてきた。

高度を上げつつ近づいて、思い切って距離を詰める。なんとか一撃を食らわせたいが、敵の対応が早く、F6Fに狙い撃たれて滑油タンクに被弾した。エンジンが焼き付く前に降りようと、全速で手近の茨城県石岡基地（滑空場とは別）をめざす。

集団が割れて、一部がこちらへ向かってきた。F6Fが八機と、主翼が折れ曲がったヴォートF4U「コルセア」が四機ほど。ななめ後方にいた列機は消えていた。さいわい、残燃料を案じたらしく敵はUターンしたため、プロペラが止まる前に石岡に降りられた。

列機の飛長は長機に追随せず、福島県の郡山(こおりやま)基地まで避退して着陸。茂原にもどって報告ののち、癇癪(かんしゃく)持ちの二五二空飛行長・新郷英城少佐から殴打された。不時着の長機をおいて、さらに遠方へ逃げたとみられたためだ。進級を止められたともいう。

三月十三日に海岸に近くて空襲されやすい館山から、ふたたび茂原へ基地を変わる。移動後に特攻隊員の募集があった。本人の意思にかかわらず、初級士官と下士官兵は応募せざるを得ず、三〇名が選出された。うち一名は、「特攻からは逃れられまい。飛行機で死ねるなら」と自身を納得させた吉成一飛曹だった。

ついで沖縄をめぐる天一号作戦に加わるため、三十日に宮崎県の富高基地に前進した。戦闘三〇四の当初の主任務は、富高に同居する攻撃第三飛行隊の「彗星」の直掩だったが、自隊だけで制空と特攻の作戦を進める。

同期で二飛曹（丙飛は同期生でも階級が一定でない）だった小柳正一さんは、特攻隊員の応募は富高でなされた、と回想する。いずれにせよ、隊内に置かれたままで固有名称はなく、また隊員も固定メンバーではなかった。

戦闘三〇四の特攻隊は直属する第三航空艦隊司令部によって、第三御盾(みたて)隊第二五二部隊と命名された。「御盾隊」は三航艦の特攻隊を意味し、「第一」がサイパン島B－29襲撃の零戦隊、「第二」が硫黄島近海の機動部隊への攻撃隊に付けられた。「第二五二部隊」には戦闘三〇四のほか、戦闘三一三、攻撃第三も含んでいる。

特攻は五十番を付けて

第三御盾隊第二五二部隊（以下二五二部隊と記す）の初出撃は四月三日。午前七時半に富高を離陸し、第一国分基地に降りて爆弾を取り付け、午後三時半すぎに発進した。爆戦と呼ばれた零戦四機で、一機に小柳二飛曹が乗っていた。

問題なのは零戦（たぶん五二丙型）の武装だ。胴体下の爆弾は二十五番（二五〇キロ爆弾）ではなくて、二倍重量の五十番（五〇〇キロ）だった、と小柳さん、吉成さんは覚えている。過荷重に対応するため、二〇ミリ機銃二梃を取り外してあった。

二号機銃四型二梃と二〇ミリ弾二四〇発などの分、およそ一四〇キロ軽くなるから、増槽装備時より少し重い程度。それなら離陸は特別に困難ではない。

奄美大島～沖縄の東方海域にいるはずの、米機動部隊をめざして洋上を飛んだ。四機のうち二機が未帰還、小柳二飛曹ら二機は目標を見つけられず、第一国分にもどってきた。

二五二空司令部も五日付で、司令部を富高から第一国分に移している。

航空総攻撃初日の四月六日が、小柳二飛曹の二度目の特攻出撃だ。前日に富高から第一国分へ移動の爆戦七機が五十番搭載で出撃し、陸軍の百式司令部偵察機が通報した、奄美南方、沖縄東方の敵空母をめざす。うち二機は奄美東方の、喜界島の不時着場に降着した。

九州南方海域で被弾し、炎と黒煙を引く日本機。多くの機が上空哨戒の敵戦闘機と対空火網によって失われた。

経歴が若い二機を連れた小柳兵曹は、雲中を出たとたんに敵機に襲われ、三機とも撃墜された。不時の脱出用に落下傘装備だったため、火傷（やけど）の身体で機外へとび出し、海面に浮いて米駆潜艇に救われた。空母へ移送され、翌七日に通訳から聞かされた言葉に衝撃を受ける。

「きょう、この艦の飛行機が『大和』を沈めました」

吉成一飛曹の最初の特攻出撃は四月十一日。爆戦一機が離陸に失敗して中破したのは、五十番の重さに摑まったからか。未帰還二機、引き返し三機で、吉成兵曹ら三機は五十番を投棄ののち喜界島に不時着した。

六日後の十七日が再度の特攻出撃で、朝の第一国分を離陸した。前日F6F二機撃墜を報告していた飛行隊長・柳沢八郎少佐は、続いて制空隊の指揮をとったが帰ってこなかった。吉成機は風防が閉まらず、引き返している。

行動調書にはこの日の出動が、特攻と制空を合わせて一〇機で、未帰還三機と記入してある。調書の付記からは、残りの機のいずれにも故障が生じたように読み取れ、このころの新造機の低レベルを感じさせる。それとは別に、毎度の飛行隊名の誤記、任務の区別もない全体の記述に、納得のいかない部分が多く、手がけた飛行要務士(航空部隊の事務士官)の未熟と言うより、故意の変更あるいは書き直しが確然と匂ってくる。理由は不明だが。

四月二十二日に三度目の特攻出撃で飛んだ吉成兵曹は、目標を発見できず三時間あまりの飛行を終えて第一国分に帰投した。

出撃一六機中三機が帰らず、一〇機にエンジン不調、油圧低下、主脚収容不能、増槽吸引不能、燃料噴出、作動油噴出など、各種各様のトラブルが続発した旨(むね)が、行動調書には書かれている。

飛行隊長を失った戦闘三〇四は二十五日、同じく二五二空所属の戦闘三一六と交代し、零式輸送機で茂原にもどってきた。しかし吉成一飛曹と、前原正三中尉、中島重雄二飛曹の三名は特攻要員のまま第一国分に残された。

二十五日から五月十日まで臨時に三〇四の飛行隊長を兼務した、飛行長の新郷少佐が「せっかく（国分に）来たんだから、（敵艦に）当たれ」と言って、彼らを選んで残留させたのだ。特攻が日常の戦法に変わっていた時期と場所ではあったが、戦友の退去生還を見送らせる無慈悲な言葉だ。

待機のある日、空襲時に防空壕に入った吉成兵曹は、練習航空隊で飛行長だった佐官と出くわした。敬礼し「飛行長、お世話になりました」と告げると、「築城で（母艦用に）訓練した搭乗員が、特攻で死ぬのはもったいない。制空隊へ帰れ」と語りかけた。

その言葉どおり、まもなく転勤が伝えられ、前原中尉、中島二飛曹にも同様の処置がとられて、三人は館山行きの輸送機に便乗できたのだ。

乗機とグラマンに出た火炎

戦闘三〇四の国分での消耗を埋める再編成と訓練は、敵機の来攻を逃れるため、郡山で進められた。そこで、もともとの茂原を第一基地、郡山を第二基地と呼んだ。

五月下旬の郡山に着任した新飛行隊長は、生粋（きっすい）の戦闘機乗りで母艦の経験が多く、ラバウルでも作戦した日高盛康少佐。二座水偵から戦闘機に転科の柳沢少佐とは、対照的な経歴をもっていた。

本土決戦用と日高少佐が聞かされた戦闘三〇四は、五〇機ちかい零戦五二丙型を基地周辺

20年5～6月の薄暮、戦闘三〇四の零戦五二丙型がまもなく離陸し、夜間の編隊訓練に向かう。長機の排気炎を目当てに追随、敵艦船に迫る本土決戦用の飛行作業だ。

の掩体に隠蔽(いんぺい)。温存第一で積極的に戦わない方針をとり、B－29や戦闘機が来ても邀撃をひかえた。五月に進級した吉成上飛曹は、特攻任務をはずされてときおり訓練に飛ぶ程度で、交戦の機会を得なかった。

錬成を終えた戦闘三一六との交代で、三〇四は七月初めに茂原に復帰した。八月前半は硫黄島から散発的に現われるコンソリデイテッドPB4Y哨戒爆撃機との小規模な空戦ですぎ、日高飛行隊長以下は敗戦の情報をなんら得ないまま、十五日を迎える。

早朝五時ごろ、前ぶれなく新郷飛行長から「敵は艦載機」と出撃命令が伝えられた。すぐに搭乗割が作られ、日高少佐は五時半に率先出動。空戦可能の搭乗員が三隊ほどに分かれて邀撃に上がった。

吉成上飛曹は杉本広安大尉の区隊の二番機。上昇しつつ大きく三六〇度旋回し、東の九十九里浜上空へ向かう。該当空域で高度は七〇〇〇メートルに達した。

すでに桑野孝也大尉の編隊が空戦に入っており、零戦一機（高橋稔二飛曹機）が「スピットファイア」（英空母「インディファティガブル」からの第887または第894飛行隊の「シーファイア」LⅢ）に追われるのが上飛曹の目に映った。杉本大尉にバンクで知らせ、四番機を連れて敵の後方に回りこんで、短く三回射撃する。当たらなかったが、このため零戦は離脱できた。

洋上、高度七五〇〇メートル。四周に視線を配ると、遠くに見える機はみな敵影のようだ。「深追いしすぎたか」と機首を上げたとき、二機のＦ６Ｆ－５（軽空母「ベロウ・ウッド」からの第31飛行隊所属機）がせり上がってくるのを認めた。横転し軸線を合わせて降下姿勢で射撃し、先頭機の右翼が激しく発火するのを確認。「やった！」と思い、そのまま降下する。四番機の姿はなかった。

敵の列機が追ってきて、射弾に右翼タンクを破られ火を噴いた。反射的に消火装置の把手（レバー）を引いて、五〇〇メートルの低空まで降下し続けると、幸運にも炎は消えていた。

風防を開け「落下傘降下か」と身体が出かかって、航空眼鏡を風圧にさらわれた。「海面に浮かんだら、米搭乗員救助の潜水艦にひろわれかねんぞ」。思いとどまって、針路三三〇度で沿岸へ。だが、Ｆ６Ｆは単機でまだ追ってくる。

使用燃料の目盛（めもり）が、左右の翼内タンク両方であるのに気づいた。どうせ漏れてしまう右タンクだけの使用に切り替える。切迫した神経に、少しゆとりがもどったのだ。

一〇〇〇メートル上空に大きな雲塊が続いていた。それを上昇して超えると、Ｆ６Ｆもついてきた。雲下にもぐっても離れない。「このままではやられる」。撃墜されるよりはと、吉成兵曹は思いきって雲の中にとびこんだまま、五分ほど飛んでから側下方に出たところ、敵は姿を消していた。

当然F6Fのパイロットは戦勝を知っており、これ以上の危険を冒さなかったのだろう。前日だったら、なお食い下がられたかも知れない。

茂原に帰り着いた乗機には九発の弾痕があった。新郷飛行長に戦闘状況を報告すると、「なかなかやるな」とねぎらってくれた。このあたりに少佐の、荒い気性との落差を感じ取れる。

丙飛予科練生に選んだ担当官の正当性を、充分に証明した吉成上飛曹の戦争に、ピリオドを打つ詔勅がまもなく告げられるのだ。

隻腕操縦員
——失った片手に代わるもの

「超人的」という言葉がある。飛行機乗りに当てはめれば、操縦や射撃、航法がきわめて巧みであるなど、抜群の飛行能力を示す場合が多いだろう。しかし、こうしたプラスの技倆の大幅な積み重ねとは別に、手ひどいマイナスをプラスに転じさせたケースも超人的と呼んで差し支えはあるまい。

ビルマ上空の空戦で被弾し、右足の膝から下を失ったが、鉄製の義足を用いて操縦者に復帰。五式戦闘機を駆って、強敵のP－51D「マスタング」を仕留めた陸軍の檜與平少佐は、その代表格と言える。

海軍の隻脚の操縦員は耳にしていないが、片方の手首を失った隻腕の人には三名会っている。いずれも零戦の搭乗員で、義手を付けてふたたび空に舞い上がった。健常者でも容易でない三次元の立体機動を、自在にこなすまでの超人的な努力、適応力の高さは想像に難くない。彼らはどのように負傷し、回復後はどんな任務に就いたのか。

〔豊田耕作中尉〕

呉海兵団に入団してから、ちょうど一〇年で准士官に進級した。その三ヵ月後、横須賀航空隊で零戦と十四試局地戦闘機（J2と呼ばれた。のちの「雷電」）のテスト飛行に従事していた昭和十八年（一九四三年）七月末日付で、豊田飛曹長に第二五一航空隊への転勤辞令が出た。

二五一空の戦場は激戦の南東方面。十四試局戦で行く予定が、機材不足と準備不足のため零戦に変更された。豊田飛曹長の指揮のもと、一二機は一式陸攻に誘導され、五日がかりでラバウルに進出した。

水兵から第三十期操縦練習生に選ばれた豊田二空（二等航空兵の略称）は、第十三航空隊付で日華事変に参加し、十二年十月に九六式艦上戦闘機を駆って、カーチス「ホーク」Ⅲ型戦闘機の確実撃墜をはたす。ついで空母「龍驤」の戦闘機隊で二年間勤務し、教員をへて、十七年末から横空戦闘機隊で新型機の実用実験に加わった。

搭乗した戦闘機は三式艦戦、九〇式、九五式、九六式の各艦戦、零戦、十四試局戦と多種にわたり、母艦も基地も、教育も実戦もテストも、なんでもござれの秀でたキャリアを有していた。ただでさえ降りにくい十四試局戦を、水平尾翼が折れかかった状態なのに無事に着陸させ、司令から表彰状をもらっている。十八年なかばの時点で、文句なくAクラスの操縦員だった。

ラバウル東飛行場で一週間を休養と地形慣熟飛行ですごしたのち、豊田飛曹長指揮の一二機は、二五一空の夜戦隊（夜間戦闘機「月光」を装備）がいるだけの最前線の小島・バラレに派遣された。以後、連日続く邀撃戦を開始する。

バラレ島にいたのは二〇日間ほど。滞在終了の九月二日、米海兵隊のF4U「コルセア」戦闘機三〜四機が低空侵入し、急旋回を打ちつつ列線の零戦に銃撃をかけてきた。先頭の敵機が指揮所見張り台の櫓をかわしきれず、引っかかって墜落。ほかの機は南東方向へ逃げていく。

派遣隊の零戦は豊田飛曹長以下、緊急発進し追いかけた。離陸してまもなく、豊田機の機首左舷から潤滑油を噴いているのが分かった。左翼の付け根が油まみれだ。銃撃時にエンジンの滑油系統をやられたと知った飛曹長は、左翼にも被弾跡がある乗機をすぐに降着させ、事なきを得た。

その前日の九月一日付で二五一空は夜戦隊だけの小規模部隊に改編され、零戦搭乗員は二〇一空および二五三空に転勤。豊田飛曹長ら横空からのバラレ派遣隊員は後者で、ブーゲンビル島ブイン基地経由でラバウルに引き上げ、サイパン島から再進出の二五三空隊員と合流し、南寄りのトベラ飛行場を基地にした。

ラバウル航空基地群で発進準備を進める零戦の列線。手前右端が二一型で、その左は二二型。２個小隊の各機とも増槽を装備しており、基地の上空哨戒に向かうのか。

それから二ヵ月のあいだ、ラバウル、ブイン上空の邀撃戦、東部ニューギニア攻撃掩護をくり返した豊田飛曹長は、バラレでは未遂だった撃墜戦果をあげた。合計で確実二機と不確実五〜六機。好条件下でないと、墜落までを見届けてはいられないから、報告は不確実撃墜に決まってしまいがちだ。

彼が最後の撃墜を記録したのは十一月二日。ラバウル湾内の艦船と対空火器陣地をねらって来襲したB－25「ミッチェル」、P－38「ライトニング」、P－47「サンダーボルト」の合計一四八機の戦爆連合を、基地部隊と空母の零戦一一五機が迎え撃つ。

空戦が始まると、編隊は崩れてバラバラに散らばる。右前下方に捕捉したP－38の左エンジンに、豊田機の二〇ミリ弾が命中し発火した。P－38は左へ回りつつ、炎を曳いて洋上へ降下していった。続いてB－25とP－47に煙を吐かせて撃破。弾丸がつきた零戦で飛ぶうちに、味方機が椰子林に落ちるのを見た。

翌三日、豊田飛曹長は二個小隊八機を率いて、ニューアイルランド島カビエン沖上空を哨戒した。敵機来攻の可能性が大きい午前十時~十一時の直（ちょく）（当直）である。眼下に八隻ほどの艦船が見えた。

案の定、四個編隊のB-24「リベレイター」が現われた。飛曹長にとって初めての機種だ。掩護戦闘機の姿はなかった。機先を制すべく、先頭編隊に左前方から第一撃を加えて、旋回し離脱する。

二撃目は敵重爆の投弾直後。先頭の編隊長機に右側方から射撃を加え、胴体の下を抜ける。このとき被弾し、プスッと音が聞こえた。右傾した機から海面に目をやると、敵爆弾の着弾が見えたが、後落（こうらく）（後方へ外れる）して艦船は無傷のままだった。

「よかった」と安堵し、降下姿勢を立て直そうとしたが、機首が起きない。なんと、操縦桿を握っているはずの右手首から先がないのだ。右後方から風防を貫いた一二・七ミリ弾が当たってちぎれかけ、皮一枚でぶら下がっている。

酸素マスクの管を巻いて止血を試みるうちに、右手首は取れてしまった。不思議に痛みを感じない。左手で操縦桿を操作してカビエン基地へ向かい、二〇分で上空に至った。右側の脚レバーは操作不能だが、むしろ出さないほうが安全だ。異常を知らせるため、バンク（両翼を交互に振る）をくり返しながら場周飛行を一回やってから、桿を足で挟んで主（メイン）スイッチを「断」に。

すぐ桿を左手にもどし、やや高めの速度で飛行場に進入。滑走路の使用を妨げないよう、草原地帯に胴体着陸した。豊田飛曹長は血だらけの操縦席から自力で出て、頭がボーッとしたので主翼の上に横たわった。すぐに駆けつけた救急隊が航空帽をはずし、服をゆるめてくれた。

被弾部を整える手術は、カビエンでなされた。まず両鼠蹊部にカンフル注射を二本ずつ。看護兵から「横を向いていて下さい」と言われたが、軍医が右手の骨をゴリゴリ切るのを見続けた。

ラバウル行きの九六式陸上攻撃機に便乗したら、偶然に搭乗整備員が顔見知りの同年兵で、傷を心配してくれた。それまでなぜか痛まなかった傷が、高度が高まるにつれて痛くなってきた。東飛行場に着陸し、野戦病院で一泊、第八海軍病院（八病と略す）に移って二泊。病院船に乗せられ、十一月なかばに佐世保に入港する。

佐世保海軍病院に入院し、傷は十一月中に治った。軍医に「お前、退役にならんぞ」と説明されたので、飛曹長は「いよいよ死ぬまで使うのか」と笑った。片手が不自由でも、貴重な存在の熟練搭乗員には兵役免除の措置がとられず、適職を与えられる、というわけだ。

昭和十九年が明けて呉海軍病院（呉病と略す）へ転院。ついで三月下旬～五月末の二ヵ月余を、東京の海軍軍医学校ですごした。名目は「転地療養」だが、実際は付属病院の施設の工場での義手製作と使用訓練が目的だった。横空にいた義手の偵察員に会い、形状を見、使い勝手を教えてもらった。

できあがった鉄製の義手は、右腕の先に付くリングを前へずらしてひねると、C形の鉤が環になる仕組み。逆の操作で鉤にもどる。

夏のあいだは愛知県の郷里で、呉鎮守府付のまま在宅療養。十月一日付で同県明治基地の二一〇空付の辞令が出た。二一〇空は各種実用機の訓練部隊で、その甲戦隊（零戦。のち第一飛行隊に改編）の隊付として勤務するのだ。辞令から一ヵ月後に進級、少尉に任官した。

19～20年の冬のひとときを明治基地内に造られた庭園で、二一〇空・甲戦隊の豊田耕作少尉がくつろぐ。左手に持つのは戦闘の説明に使うB－29の模型。

みずから進んで零戦と複座の零式練戦に搭乗し、右手が義手でも差し支えなく操縦できるのを、豊田少尉は実証した。

十二月から中京地区の空襲を始めた超重爆B－29「スーパーフォートレス」の邀撃までは要求されなかったが、浜松が爆撃されたとき（五月十九日か）、教官・教員配置の搭乗員が出撃したあと、残っていた零戦で離陸。途中、先発の一機と編隊を組んで飛び、会敵できずに帰投（「帰港投錨」を略した帰還の意味の海軍用語）した。

対戦闘機戦も可能、と少尉はふんでいた。義手での操縦桿操作では、機動を競う格闘戦まではできないけれども、「敵と同じ一撃離脱で戦える。後方から撃たれないように注意すればいい」との判断である。ラバウルで鍛えたから、射弾回避に自信はあった。そこで米艦上機が東海地方に来襲したとき発進。残念にも敵影を見ずに終わった。

義手を付けた豊田少尉の実戦出動は、この二回にとどまった。敗戦時の操縦歴はまる一〇年。九月五日付で中尉に進級し、軍人の人生にピリオドを打った。

取材は豊田さんの自宅でさせてもらった。辛いはずの過去を淡々と語る落ちついた姿に、戦闘機乗りの真髄の一面を見たような感懐を抱いた。

〔柳谷（やなぎや）謙治飛曹長〕

豊田飛曹長がバラレ島に来る四ヵ月近く前、同島に近い空域で、海軍にとってきわめて衝撃的なできごとがあった。一式陸攻および護衛の零戦とP－38が交戦して、陸攻が撃墜され、搭乗の連合艦隊司令長官・山本五十六大将が戦死した、昭和十八年四月十八日の有名な空戦である。

零戦六機は力をつくして戦ったが、まったく予想外の敵襲、多勢に無勢の悪条件下で、耐弾装備ゼロの陸攻を守るのは無理だった。

このときP－38一機の撃墜を報告した柳谷飛長が「二倍の一二機で直掩（ちょくえん）しても、（陸攻の被墜を）防げなかった」と感じたのは、南東方面の苛烈な空戦を戦った者には共通の感覚と

二〇四空の柳谷謙治二飛曹が18年４月末から１ヵ月使った零戦三二型190号機。ラバウル東飛行場から短時間で上がれるように増槽装備のままだ。

思われる。

昭和十五年の徴兵、航空兵（搭乗員ではなく整備など地上員のタマゴ）で海軍に入る。選ばれて十六年一月に第三期丙種飛行予科練習生になり、十一月末に飛行練習生教程（中間練習機八〇時間余）を卒業。大分空での九〇艦戦を皮切りに、六空および二〇四空で零戦による激しい訓練を受けた柳谷飛長は、山本長官護衛の時点で戦闘機に三〇〇時間乗っていた。

それまでに双発戦（機種不明）一機、P-38一機、P-40「ウォーホーク」三機（内一機不確実）の単独撃墜を果たしていて、空戦にも空域にも慣れ、やすやすと敵に遅れはとらない自信があった。まさしく柳谷飛長にとって、四月十八日は不可抗力の防戦だった。

中部〜北部ソロモンの日本軍基地に、さかんに空襲をかけてくる米航空兵力を、基地戦闘機隊の総力をあげて叩く「ソ」作戦の実施が、六月初めに決まった。空戦と爆撃で大打撃を与えるのが狙いである。

六月七日の朝、五八二空の第一突撃隊二一機と二〇四空の第二突撃隊二四機がブイン基地を、二五一空の第三突撃隊三六機がブカ基地を発進。合計八一機の零戦は空中で合同し、ガダルカナル島北西のルッセル島をめざす。二〇四空のうち八機（一二機？）は地上の機器材を燃やすため、六番（六〇キロ）級の焼夷弾（テルミット内蔵の七番六号爆弾と思われる）を二発ずつ付けていた。

これら爆装零戦は、三二型に比べ横安定と失速特性が良好な二二型だった。爆装機の指揮官は二〇四空飛行隊長の宮野善治郎大尉で、前月に進級した柳谷二飛曹が宮野編隊の四番機についていた。やがて目標の上空に近づくと、多くの敵戦闘機が空中に認められた。

迎え撃ったのは米陸軍第18戦闘航空群のP－40F、第347戦闘航空群のP－38F、海軍第11戦闘飛行隊のF4F－4「ワイルドキャット」、海兵隊第112海兵戦闘飛行隊のF4U－1「コルセア」、それにニュージーランド空軍第15飛行隊の「キティホーク」Ⅲ（P－40Kおよび M の英連邦呼称）。合計約一〇〇機、連合軍戦闘機の品評会のような機種の多さである。

彼らは零戦群の中に九七式艦上攻撃機が一〇機ほどいる、と報告した。これが柳谷二飛曹らの爆装零戦で、長い主翼と翼下の爆弾が誤認を招いたのだ。

高度八〇〇〇メートルから緩降下を始め、五〇〇〇メートルでダイブに入れる。焼夷弾を落としたすぐあと、F4Fの流れ弾か地上火器の射弾が柳谷機に命中。身体が受けた強いショックで「やられた！」と感じ、降下する零戦を引き起こすための右手の指がみな、ちぎれてしまっているのが分かった。右大腿部もひどく傷ついた。

噴き出す鮮血と、狂いそうなほどの激痛。だが、あきらめを生への本能が排した。操縦桿を左手で持って機の姿勢をもどし、高度一〇〇メートルの低空を水平飛行で離脱する。敵が追ってこず、エンジンに別状のないのが救いだった。

多量の出血で薄れる意識を、痛みが呼びもどす。諦念と闘いながら西北西へ一〇〇キロのガッカイ島をめざした。中部ソロモンの南東端に位置する、日本軍の最前線で、不時着場が造ってあった。

とうとうガッカイに到達、不時着場が見えた。着陸を試みたが、右側のフラップ操作レバーを使えないので高度を落とせず、復行する。燃料送油を止め、できるだけ出力を絞って、なんとか降着に成功。陸戦隊員がとんできて、血に染まった柳谷二飛曹を引きずり出し、ジャングルの中の天幕に運びこんだ。

「傷をこのままにすれば破傷風にかかる」と言われ、ノコギリで手首を切断された。麻酔薬などない。暴れて舌を噛まぬよう口に脱脂綿を詰められた二飛曹を、三人がかりで押さえこんでの作業で、終わると同時に意識を失った。

切断部の容体が落ち着くのを待って、海トラ（「海上トラック」の略称。小型の運搬艇）に乗せられ、敵機に見つかるのを恐れて夜ごとに島伝いに北西進し、不時着から一週間ほどでラバウルに到着。八病で化膿の手当てを施されたのち、入港した特設病院船「氷川丸」でト

20年にかけての冬、霞空・東京分遣隊の羽田飛行場で、乗機の機上作業練習機「白菊」を背景にした柳谷上飛曹。

ラック諸島へ。病院船「朝日丸」に乗り換えて、七月二日に呉に入港した。

呉病で一ヵ月の治療を受け、霞ヶ浦海軍病院へ移る。軍医学校で装着した義手は、数ヵ月後に豊田少尉が用いるものと同じタイプだったようだ。

その後、柳谷上飛曹（十九年五月に進級）は搭乗員に復帰した。中練教程が担当の東京空で教員配置につき、機上作業練習機の「白菊」を操縦して、要務・連絡飛行などを請けおった。空襲の激化で訓練ができなくなり、霞ヶ浦空に転勤したが飛行機がない。山形県の神町空に移って二〜三回、九三式中間練習機、つまり赤トンボで飛び、在隊一週間で敗戦の日を迎える。

最終階級はいわゆるポツダム進級（敗戦後の進級）の飛曹長。ラバウル、ソロモンで戦い続けていたなら、戦死の公算は高かったはずである。「右手首から先を何者かに献じることで、自身の生命を新たに獲得したと信じている」との柳谷さんの述懐に、深く頷かざるを得ない。

〔森岡寛(ゆたか)大尉〕

昭和十三～十六年を兵学校ですごした第七十期生のうち、航空へ進んだ者は、飛行学生が三十八期と三十九期に分かれた。前者で艦上爆撃機を専修し、十八年九月なかばに宇佐空で学生の教程を終えた森岡中尉は、そのまま宇佐空に残り、艦爆実用機教程の教官を命じられた。

翌十九年一月に飛学三十九期を送り出し、次の四十期の訓練が進んでも、まだ教官のまま。戦地勤務を望む森岡中尉は、折からまわってきた戦闘機転科志望の用紙に名前を書きこんだ。「戦闘機なら戦地へ行けるのか」。本気にせず冗談半分の記入だったが、これが通ってしまい、飛行隊長の伊吹正一少佐に呼ばれ「艦爆より戦闘機がいいのか！」と叱られた。転科を志望したのは彼だけのようだった。

発令された部隊は三〇二空(さんまるふた)である。ナンバー航空隊だから実施部隊には違いないが、内容、任務は分からなかった。四月上旬に横須賀基地にやってきて、施設も飛行場も借りもので機材もろくにない、できたての防空戦闘機隊なのを知らされた。

三〇二空の主力機は「雷電」と「月光」。昼間戦闘機に転科した森岡中尉にとって、乗機は「雷電」だが、着任早々、着陸後の滑走時に主脚を折ったため嫌いになり、以後は補助機材の零戦に乗った。四月下旬には、本来の編成にはなかった零戦分隊が発足し、五月に入っ

三〇二空・第一飛行隊のエプロンで海軍体操につどった搭乗員たち。左後ろの零戦五二型が後部風防から20ミリ機銃の銃身を出した夜戦型である。

て、同じ神奈川県内で自前の厚木基地に移動。このとき大尉に進級した。

艦爆はある程度の運動性を備え、機首に七・七ミリ固定機銃二梃を付けているから、格闘戦訓練もいちおう実施する。それが戦闘機の訓練と似て非なるものなのを、赤松貞明少尉ら超ベテランに手ほどきを受けて、森岡大尉はつくづく知らされた。

「戦闘機の空戦と比べれば幕下と横綱。あんな中途半端を教えるから、艦爆乗りが食われてしまう」

しかし持ち前の闘志と素質で、大尉の技倆は高まっていく。零戦分隊（六月以降、昼夜兼務の零夜戦分隊と改称）の基幹員は水上機からの転科が主体なので、彼の腕前はきわだち始め、先任分隊士の立場に恥じないレベルを維持するにいたる。

マリアナに展開した第21爆撃機兵団のB－29に、三〇二空で初めて射弾を送ったのが森岡大尉だ。十一月五日、機動困難な高高度で、いきなり視野に入った偵察機型のF－13（外形はB－29と同一）。初陣の不なれ、驚きと興奮のマイナス条件下、やみくもに一撃をかけ、当然ながら効果不明だったが、得がたい経験を味わった。

それから二ヵ月半をへた二十年一月二十三日の豊橋上空。名古屋への昼間空襲を終えてきたB－29群を、森岡大尉は二〇ミリ斜め銃装備（操縦席の後方から銃身が斜め上方へ出る）の零夜戦二機で迎え撃つ。一撃目の直上方攻撃は効果がなかった。斜め銃攻撃にかかった列機が被弾、発火し、安藤邦雄二飛曹は落下傘降下。

二撃目で噴き出た黒煙が消えたため、大尉は相討ち覚悟で前下方攻撃をいどみ、カウリングから発火させた。同時に強烈な衝撃を受け、風防が血しぶきで染まる。左の手袋がちぎれて手が垂れ下がり、骨が見えた。

左手をやられては、操縦席の左側に付いた速度増減のスロットルレバーを動かせず、体当たりも叶わない。外したマフラーを傷口に巻きつけた。感覚喪失で痛みはないが、出血多量による失神が懸念された。眼下に見えた陸軍の浜松飛行場に向かって降下。操縦桿を両足ではさめば、右手でスロットル操作ができると判断し、試行ののち着陸を成功させた。

浜松陸軍病院へ急送された大尉に、麻酔と輸血の処置がほどこされ、軍医が左手首の切断を伝えた。「もう操縦できず、戦闘の役に立たないのか」と思うと、寂しさがつのった。

数日後、海軍軍医学校付属病院へ転院。やがて二月十五日、傷口の完治を待たず自主退院し、引き寄せられるように厚木基地にやってきた。病室で悶々と日を送るぐらいなら、部隊で治療を続けたほうがいい、と思ったのだ。

翌十六日、艦上機の大群が関東を襲い、邀撃に上がった零夜戦分隊長・荒木俊士(しゅんし)大尉が戦死した。その夜の通夜で司令・小園安名大佐が森岡大尉に、人事局から伝えられた兵学校教官への転勤をきり出した。部隊との絆(きずな)、戦闘機との関わりを断たれたくない大尉は「私を厚木に残して下さい」と訴える。猛将だが情も汲む小園司令は、零夜戦の後任分隊長に異例の地上指揮官を用いる配置を即断した。

東京の下町が焼尽した三月十日、悔しさを噛みしめた森岡大尉は軍医学校付属病院へ出向き、義手の製造が可能と知らされた。左腕の先にかぶせる革製の筒を、二の腕の部分で止められる形にする。作業は石膏(せっこう)の型取りから始まり、四〜五回の通院ででき上がった。

義手完成から一ヵ月後の四月二十三日、零戦の操縦席に座った大尉は、「コ」の字形の鉄製の鉤でスロットルレバーを操作して、離陸に成功。着陸も無事にこなした。レバーが滑らないように、鉤にはコードに使う絶縁テープが巻かれ、摩擦係数を高めてあった。

空中指揮をとれる本来の飛行科分隊長に、とうとう復帰した。スロットルレバーに付いた機銃発射レバーのかわりに、兵器整備分隊が改造して操縦桿に発射ボタンを取り付けた。

五月二十六日にかけての夜間空襲で、四ヵ月抑えてきた戦意をぶつける。照空灯に浮き出たB-29に、後下方から斜め銃の一撃を浴びせ、胴体に火花が散った。さらなる命中弾を望んで距離を縮めかけたとき、照射が止まって敵影が夜空に消えた。致命傷は与えられなかったが、隻腕の操縦員による殊勲の撃破を記録した。

六月に第一飛行隊長に昇進した森岡大尉の、次の戦果は七月二十四日、館山沖で捕捉したPB4Y「プライバティア」四発哨戒爆撃機。これも撃破だったが、続く八月三日の獲物は逃がさなかった。

相模湾に不時着水したP−51Dのパイロットを、護衛すべく飛来したPB4Yに第457戦闘飛行隊のP−51が四機ついてきた。緊急発進で駆けつけた森岡大尉指揮の零戦四機は、太陽を背に後上方にまわりこみ、大尉は三撃でジョン・J・コネフ少尉機に火を吐かせ撃墜した。最強と謳(うた)われたP−51の確実撃墜だ。

八月十三日には房総上空で、PBY−5A「カタリナ」双発飛行艇の陸軍型のOA−10Aを、四機で協同撃墜。二日後の敗戦の日、午前中にF6F−5「ヘルキャット」と戦ってエンジンに致命傷を与え、パイロットを落下傘降下させて、稀有(けう)な戦歴を閉じた。

健全な四肢での不確実撃墜一機(B−29)とは一線を画すべき、単独撃墜確実二機、協同撃墜一機、撃破二機。義手を付けた操縦員として、類例を見ない戦功に違い

森岡寛大尉は最強の敵P−51Dを隻腕で撃墜した、ただ一人の枢軸パイロットと思われる。厚木基地で零戦五二型とともに。

ない。

「手首一つを国に捧げました」と述べた森岡さん。私が「敗戦」の言葉を使ったとき、「政府が降伏したのであって、我々は負けてはいませんよ」と静かに言い返され、対応に窮した自身を、ときどき思い出すのだ。

特攻隊、海軍にただ一つ

——B－24撃墜をめざす爆装零戦

昭和五十六年（一九八一年）の四月中旬、私は海軍による本土防空戦の取材のため、台湾の第二〇五（ふたまるご）航空隊で特攻要員だった井上広治さんに電話をかけた。井上さんは面談の申し出をこころよく承諾され、事前の質問にも明瞭に答えてくれた。

二〇五空の前には、二二一（ふたふたいち）空の隊員としてフィリピンの航空戦に参加したという。比島戦は今回の取材目的からは外れるが、ひととおり聞いておく必要がある。

「（十九年）十二月末からアンヘレス近辺にも重爆の空襲が始まりましてね。こいつを落とすために、体当たり隊が編成されたんですよ。金鵄（きんし）隊と言います」

私はびっくりした。比島戦で特攻攻撃が開始され、以後は陸海軍とも主戦法とみなしたのは常識である。だが、海軍の目標は対艦船と定められている。空対空特攻といえば、本土防空の陸軍が超重爆B－29に対して実施しただけで、海軍では自発的な体当たりはときどきあったけれども、正式に隊が編成されたとは耳にしていない。防衛庁編纂の公刊戦史にも、具体的には一行も触れられていないはずだ。

しばらく雑事に追われていたが、井上さんから紹介された門司親徳さんに会った。門司さんはフィリピンで第一航空艦隊司令部の副官を務めている。彼の手には、当時書いた金鵄隊についての一枚のメモがあった。そこには特攻を命じられた六名の搭乗員名と、階級、兵籍番号、それに出撃日のほか、ごくかんたんな戦闘記録が記されていた。

海軍の空対空特攻隊は、まぎれもなく存在したのである。私は少しずつ調査を広げていった。

二〇一空、フィリピンへ

昭和十九年（一九四四年）七月から八月にかけて、サイパン、テニアン、グアムのマリアナ各島を手中におさめた米軍は、フィリピンの奪取をもくろみ、九月に入って猛烈な空襲を加え出す。大本営は九月二十二日、決戦地域をフィリピンとみなし、捷一号作戦計画にとりかかった。

当時、海軍はフィリピンに第一航空艦隊を置いていた。しかしこの一航艦は、テニアン島で壊滅したのちの再建途上にあり、いまだ大きな戦力としての期待はできない。そこで、九州から台湾にかけて展開する第二航空艦隊と、関東から硫黄島にかけての第三航空艦隊が、フィリピン決戦の頼みの綱とされていた。

対する米軍は、海軍が第38および第77任務部隊（機動部隊）、陸軍はニューギニア周辺の第5および第13航空軍、それに海兵隊航空部隊である。概当戦域に関わる装備機数だけでも、陸軍の第四航空軍を加えた日本軍の三～四倍に及び、その数の差、威力差は加速度的に開いていく。

19年7月、進出後まもない台湾・新竹基地の格納庫前のエプロンで、二二一空・戦闘四〇七飛行隊の兵搭乗員と零戦二一型。左端が井上広治上飛。このうち4名が特乙一期の出身だ。

米機動部隊はフィリピン決戦を前に、十月十日の沖縄、南西諸島への攻撃を手始めとして、周辺に置かれた日本軍航空戦力をつぶしにかかった。十二日からは艦上機群が台湾に殺到し、十五日まで日本機との大規模な海空戦をくり広げた。これが台湾沖航空戦である。

台湾沖航空戦で邀撃戦力の一部をなしたのが、七月中旬から台湾・新竹基地にいた、第二二一航空隊・戦闘第三一二（さんひとふた）飛行隊だった。このとき二二一空はほかに戦闘三〇八、戦闘三一三、戦闘四〇七の三個飛行隊（一個飛行隊の定数四八機）を指揮下に持っていたけれども、いずれも鹿児島県にあり、台湾に進出してきたのは十月十四日。戦闘三一一が同県笠ノ原基地からひと足さきに台湾に来ていたのは、二二一空の四個飛行隊のうちで最も練度が高かったからだ。

練度が高いといっても、それは他の三個飛行隊とくらべての話である。海兵六十八期出身の飛行隊長・塩水流（しおずる）俊夫大尉ほか数名をのぞけば、飛行時数が四〇〇時間に満たない搭乗員が大半を占め、その多くは十九年一月に実用機教程を終えたばかりの、第一期乙種飛行予科練習生〔特〕、いわゆる特乙一期を卒業した上等飛行兵たちだった。

特乙とは、通常の乙種予科練志願者（尋常小学校卒業または高等小学校在学および卒業者。一部は中学在学者）のうち、年長である満十六・五歳以上の者を、地上教育を圧縮し一年の短期訓練で実施部隊へ送りこむ、搭乗員不足を補うための特異な新制度である。既存の予科練制度から見れば特異でも、若年搭乗員の即成をめざす実効性は高かった。

昭和十八～十九年に一～十期の合計六八四四名が特乙として採用されており、とりわけ一期と二期は、末期的症状の海軍航空のなかで、少なからぬ戦力と目され実績を残す。たとえば特乙一期生一五八五名中、戦没者は八二六名を数え、十数ヵ月の実戦期間から考えれば、戦死率五二パーセントは予想外に高い。戦闘機だけにしぼると、二九二名のうち一九六名で六七パーセントにも達する。三人に二人までが倒れたのだ。

話をもどそう。米軍は十月十七日、レイテ湾口のスルアン島に上陸を開始。翌十八日、大本営は捷一号作戦を発動し、持てる航空戦力の半分以上をフィリピンへ集中し始めた。台湾・高雄の二航艦司令部は、戦力未整備の一航艦の〝助っ人〟の立場で、その主力を送りこむ。十月二十二日には司令部をマニラに移して、一航艦司令部と同居した。

二二一空は二航艦司令長官の麾下部隊である。その四個飛行隊は十月二十三日に、台湾からルソン島アンヘレス（マニラの北西七〇キロ）に到着した。

一航艦司令長官・大西瀧治郎中将は、容易ならぬフィリピンの戦局に対処するには、体当たり戦法を実施せざるを得ないとして、一航艦の唯一の昼間戦闘機隊である二〇一空に、爆装零戦による敵艦船への突入を指令。十月二十一日の大和隊・久納好孚中尉の出撃、二十五日の関行男大尉以下五名の敷島隊の突入で、敗戦の日まで絶えまなく続けられる特攻攻撃は始まった。

十一月に入ると、旗色はとみに悪くなった。二二一空は、レイテ西方のオルモック湾を進む船団の掩護や、基地防空を続けるうちに、多数の搭乗員と機材を消耗していった。二航艦一航艦は艦爆隊も特攻に振り向けたが、主力は直率部隊・二〇一空の零戦だった。二航艦は助っ人なので、配属の航空隊は正攻法で戦っていた。だが、まもなく二〇一空だけでは搭乗員が不足してきたため、制空が任務の二二一空から、特攻要員を二〇一空へ送りこむかたちがとられた。一回に三名ぐらいずつ、合計二〇名ほどを出したという。三航艦から応援に

きた二五二空も、同様の立場にあった。

関大尉らが初めて特攻攻撃に成功した十月二十五日、一航艦は便宜上、二航艦と合体して第一連合基地航空部隊を編成。二航艦司令長官・福留繁中将が最高指揮権を持ち、大西中将が幕僚長を務めていた。十一月十九日から司令部はマニラを離れ、クラーク飛行場群の東部にあるバンバンに下がった。

十一月三十日、消耗が激しいフィリピンの戦闘機隊の改編がなされ、二二一空の指揮下部隊は戦闘三〇三、三〇四、三〇八、三一二、三一五、三一七の六個飛行隊に増えた。同日付で塩水流大尉は、戦闘三一一から戦闘三〇四の飛行隊長に変わったが、混乱のなかでは辞令などは交付されず、「部隊の編成が変わったらしい」という程度しか分からなかった。

目標はB-24

レイテ島を攻略した米軍は十二月十五日、ルソン島上陸の布石として、マニラののど元に

アンガウル島で整備中のB－24Jが列をなす。フィリピンへ空襲をかける第494爆撃航空群の２個飛行隊の装備機で、1944年(昭和19年)12月の状況。

位置するミンドロ島に上陸を開始。

マニラやクラークはそれまで、米艦上機の空襲をしばしば受けていたが、B－24重爆による昼間編隊空襲は経験していなかった。占領したレイテ島のタクロバンからでは、クラーク地区まで戦闘機が掩護できなかったためだ。十二月に入ってからB－24が少数機で、タクロバンからの夜間爆撃や、パラオ諸島アンガウル島（ミンダナオ島東方九〇〇キロ）からの散発的な昼間空襲をかけてきたにすぎない。

だが、ミンドロ島のサンホセ飛行場を確保すると、クラーク地区への距離が半減。十二月二十日に戦闘機の随伴が実現して、事態は変わった。二日後の二十二日にタクロバンを発進した、米第5航空軍・第22爆撃航空群のB－24二三機が、百数十機の戦闘機とともにクラークの飛行場群を空襲した。ついで翌二十三日には、中部太平洋方面の第7航空軍から派遣された、第494爆撃航空群のB－24がアンガウルから出て、戦闘機とともにマニラ近郊の飛行場群を襲った。

このころ、二二一空にも若干の増強があった。十二月二十日、鹿児島県笠ノ原(かさんばら)で錬成を続けていた戦闘三〇八飛行隊の零戦二〇機が、隊長・河合四郎少佐にひきいられてアンヘレスに到着したのだ。ほかに乗機が不足した一部搭乗員は、台中経由で零式輸送機に便乗して、二十四日の午後にやってくる。

その二十四日朝、「フィリピン北東海面に機動部隊あり」の情報（誤報）で、塩水流大尉以下が索敵攻撃に発進したあと、B－24二二機が一〇〇機近いP－47戦闘機（第348戦闘航空群）に掩護されて、クラーク一帯を空襲に飛来した。迎え撃ったのは海軍二五機と陸軍二〇機。アンヘレスからは河合少佐が指揮をとって邀撃したが、少佐も撃墜されて落下傘降下ののち、行方不明で消息を絶った。

日本側が八機撃墜（機種不詳）を報じたのに対し、P－47の損失は四機だった。米戦闘機隊は四五分間の空戦で、三二機もの日本機撃墜を記録している。二二一空をはじめ、陸海軍戦闘機隊の空戦での損失が判然としないけれども、敵の戦果は明らかに過大である。とは言え、日本側が敗北を喫したのは疑う余地がない。

クラーク地区には海軍レーダーが配置されていた。しかし、電探室で捕捉し、戦闘機が緊急発進して高度をとるころには、敵はクラーク上空に進入しているという状態で、邀撃戦力も敵戦闘機の数分の一しかない。不利な空戦は避けられなかった。

B－24の編隊空襲は、いずれも午前十時ごろ。たちまち定期便化した感があった。高角砲（高射砲）はまず当たらない。戦闘機の攻撃も、一機一〇梃の一二・七ミリ機銃を持つB－24編隊の防御火網と、強力な護衛戦闘機にはばまれて、ほとんど効果はない。

バンバンの一航艦および二航艦の両司令部では、難攻不落のB－24を零戦の体当たりで撃墜する、という案が出された。誰が体当たり案を進言したのか定かでない。結局、一航艦司令長官の大西中将と二航艦司令長官・福留中将は、この申し出を採用した。十二月二十四日午後から二十五日午前のあいだに、決定がなされたと思われる。

一航艦司令長官・大西瀧治郎中将(右)と副官の門司親徳主計大尉。新竹郊外で。

一航艦司令部の副官で、大西中将と行動をともにしていた主計大尉（第六期短期現役主計科士官）の門司さんは、「果敢な体当たり攻撃をかければ、敵重爆部隊の戦意をくじける可能性がある、と中将が考えたのではないか」と回想する。特攻攻撃で落とせる機数は知れていても、敵の恐怖心をかき立てて、クラークへ近寄らせないようにするのが目的だったのだろうか。

これ以前の十一月十九日から二十日にかけて、大西中将はフィリピンへの航空兵力の増強を依頼するため、東京の軍令部と横浜・日吉の連合艦隊司令部へ出かけている。

東京は、マリアナからの空襲はまだ受けていなかったが、B－29の偵察機型であるF－13が十一月一日以降、何回か関東地方へ高高度偵察に来ていた。関東防空の主担当・陸軍第十飛行師団は、全力をあげてこれを追撃したものの、一機も撃墜できなかった。海軍の防空戦闘機部隊三〇二空も同様だ。面目を失った十飛師は、隷下（れいか）の各飛行戦隊に対し、武装を全廃または半減し、防弾装甲をはがした軽量機による体当たり攻撃を命じた。すなわち空対空特攻である。

十飛師の命令は十一月七日に出されており、大西中将が上京したときは、体当たり隊（のちに震天隊と命名）がすでに編成を終えていた。対艦特攻攻撃を決行していた中将の耳に、その噂（うわさ）が入らぬはずはない。B－24に対する体当たり攻撃実施の決意の一要因に、これがあったのは充分に考えられる。

選ばれた六名

二二一空・戦闘三一二飛行隊は十月中旬の台湾沖航空戦で、十数名の戦死者を出し、搭乗員七〜八名がその遺骨を持って鹿児島県鹿屋基地へおもむいた。その後に彼らは、笠ノ原で錬成中の戦闘三〇八の主力とともに再訓練に入り、河合少佐が零戦隊をひきいてアンヘレスへ向かったのち、二十四日の午後、輸送機で同地にやってきた。その中の一人に、特乙一期卒業の津田義則飛行兵長（十月一日付で上飛から進級）がいた。

アンヘレス基地は雑然としていた。二ヵ月にわたるフィリピンでの戦闘で二二一空は疲弊し、搭乗員も機材もひどく消耗して、飛行隊ごとのまとまった行動など不可能なまでに落ちこんでいた。そこへB-24、P-38、P-47の戦爆連合の空襲である。河合少佐がつれてきた最後の二〇機も、たちまちすり減るのは間違いない。津田飛長は各飛行隊混合の寄合所帯を見まわしたが、なじみのない顔ばかり。翌日の十二月二十五日、集合命令がかかり、二二一空の搭乗員は指揮所前に集まった。司令・八木勝利中佐が訓辞を始める。

津田義則飛長

「いまや比島の制空権は連合軍ににぎられた。これを挽回し、大元帥陛下の身を安んじたてまつるには、われわれ戦闘機隊が身を挺して戦う以外にない。ここに空中体当たりの特攻隊を編成する！」

搭乗員たちは、意外の感を持ったに違いない。これまで零戦による特攻攻撃は、一航艦に直属の二〇一空が専門に担ってきた。二航艦の二二一空は制空が本務なのだ。なるほど二二一空からも特攻隊員に指名された者がいるが、彼らは形式上二〇一空へ転勤したのち出撃している。ところが今回は、二二一空から直接の出撃である。それも耳なれた対艦攻撃ではなく、空対空特攻だという。

八木司令の言葉は続く。

「皆、大君（おおきみ）のために殉じられるものと思うが、希望者は手を挙げよ」

全員が挙手した。すぐに台上から幹部搭乗員が指名し、黒板に姓と階級を書いていく。すでに人選は済んでいたようだった。

黒板には六名の姓が書かれた。その中に「須田飛長」があった。津田飛長は「須田というのがいるのか」と思った。知らない者がほとんどだから、誰が誰やら分からない。ただし、六名のうち二名は、中間練習機（赤トンボ）教程と実用機（零戦）教程をともにした同期生だった。

その夜、高床式の兵舎で休んでいると衛兵がやってきて、下から「本日の神風特攻隊員・須田飛長は、津田飛長の誤りである」と告げた。飛長は驚いたが、どうせ順番に死ぬと思っていたので、格別なショックはなかった。「来るべきものが来たな」と思いながら、眠りに落ちていった。

特攻隊員は次の六名である。

福田良亮一飛曹（戦闘第三〇八飛行隊。山口県生まれ）

田中占人二飛曹（戦闘第三一二飛行隊）
小泉昭二飛長（戦闘第三〇八飛行隊。徳島県生まれ）
津田義則飛長（戦闘第三一二飛行隊。愛媛県生まれ）
徳野外次郎飛長（戦闘第三一五飛行隊。石川県生まれ）
豊田博飛長（戦闘第三〇四飛行隊。埼玉県生まれ）

福田一飛曹と田中二飛曹は丙飛予科練、飛長四名は特乙一期の卒業者だ。ふつう、特攻隊の長には士官があてられる場合が多いが、金鵄隊は下士官兵だけだった。

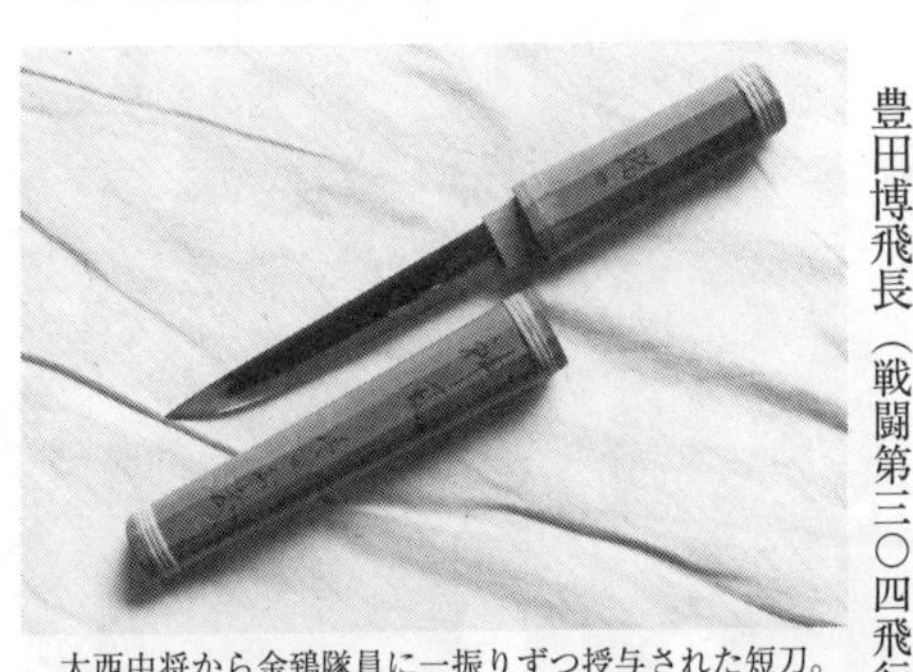

大西中将から金鵄隊員に一振りずつ授与された短刀。添書きは、連合艦隊司令長官・豊田副武大将の筆。

体当たり、容易ならず

翌十二月二十六日の早朝、大西中将は副官・門司大尉をともなって、バンバンの司令部を出た。空対空特攻隊の命名式を執り行なうためである。バンバンからアンヘレスまでは車で三〇分。命名式のあとでB-24邀撃に発進させる手はずが定められていた。

すでに待機していた六名の隊員は、中将から「神風(しんぷう)特別攻撃隊・金鵄隊と命名する」と伝えられ、続いて「連合艦隊司令長官からたまわる」と、ひと振りずつの短刀を手わたされた。特攻隊員を二二一空の搭乗員たちが、静かに取りまいている。

二二一空は二航艦直属の部隊だし、一、二航艦を合わせた第一連合基地航空部隊の最高指揮をとる立場からも、本来なら福留中将が命名式に出て、命名書を授けるはずである。それなのに大西長官がやってきたのは、彼が対B－24特攻の推進者だったためとは言えまいか。

小泉昭二飛長　豊田博飛長

敵の戦爆連合は連日、来襲する。レーダー情報から判定した到達三〇分ほど前の午前九時半ごろ、通常攻撃の零戦隊とともに、金鵄隊の三機が発進していく。搭乗員は田中二飛曹、豊田飛長と小泉飛長である。残る福田一飛曹以下三名は、翌日の第二次出撃要員とされた。

特攻機の胴体には、二十五番（二五〇キロ爆弾）一発が固着してある。信じがたいことだが、爆装の重い零戦で、護衛戦闘機が随いたB－24に体当たりせよというのだ。

大西中将、門司大尉、二〇一空隊員たちは、零戦隊のゆくえを凝視する。やがて遠い爆音に続いて、第22爆撃航空群のB－24と第49および第475戦闘航空群のP－38の編隊が、青空にまいたゴマ粒のように見えてきた。長官以下は、特攻機の体当たりによる大爆発を待っていた。しかし、ときおり銀ムクのP－38が旋回してキラリと光るだけで、重爆編隊はなにごともないかのように投弾し、去っていった。

戦果は不明だったが、大爆発が起こらないところから、体当たり失敗と判断された。出撃した特攻機三機のうち、豊田飛長と小泉飛長は未帰還、田中二飛曹のみ帰ってきた。豊田飛長は十九歳、スポーツが得意で、素直な好青年だった。

大西長官は敵機が引きあげたのち、車でバンバンにもどった。車中では、ひとことも口をきかなかった。

続く二十七日、金鵄隊第二陣の出撃である。午前九時まえ、福田一飛曹、徳野飛長、津田飛長は別盃（出撃前の水さかずき）をすませて、指揮所で敵情報が入るのを待った。九時をまわってややたったころ、電探室から「敵大編隊、近づく」が報じられた。

三名は二十五番を抱いた零戦五二乙型に搭乗する。津田飛長にとって、飛行練習生以来の友人だった小泉、豊田飛長はもういない。こんどは自分の番だ、と覚悟を決めた。発進は九時二十分。撃ちながら突っこむ手はずなので、機銃弾も全弾が装備されて、きわめて重い。ブーストいっぱいの状態で、飛行場端スレスレで浮き上がった。

二二一空の零戦五二型がアンヘレス基地を離陸した。胴体下に320リットル増槽、主翼下に三番(30キロ)三号爆弾を付け、対B－24編隊の上空哨戒か米軍基地攻撃に向かうのだろう。

この日、大西長官はバンバンの司令部の丘に立って、戦況を望見していた。

第494爆撃航空群のB－24編隊は、中高度をクラーク方面に向かってやってくる。そのやや上方にはP－38が飛んでいた。だが、情報がおそいから、好位置に占位する時間などありはしない。自然、B－24を追いかけるかたちをとるのだが、全弾装備の爆装零戦よりもB－24の方が速く、捕捉は不可能である。

そのうちに、P－38の追撃をうけて格闘戦が始まった。長びけば撃墜されてしまうが、まもなく敵機は離れていった。クラーク周辺には日本軍の基地が多い。新手の戦闘機を警戒したのだろう。金鵄隊の零戦は、三機とも無事に帰ってきた。

爆弾は機内から投下可能で、体当たり不成功のときは、マニラ富士と呼ばれたアラヤット山の中腹以上に落とす決まりだ。この山には、二〇〇〇人ほどのゲリラがひそむと推定され、射撃や爆撃の訓練ではゲリラ攻撃をかねて、山を的にするのがもっぱらだった。

二十六、二十七両日の体当たり攻撃で、金鵄隊はなんの戦果も得られないまま、二機を失った。だが、これは当然の結果だった。逆に、合わせて四機の生還を僥倖とせねばなるまい。B-24は強力な防御火器を持っているうえ、掩護戦闘機にとり囲まれている。機数が格段に少ない零戦隊では、通常の邀撃戦ですら撃墜は困難である。こんな状況下で、重い二十五番を抱いてB-24よりも速力の劣る零戦が、防御の壁をかいくぐって体当たりできるはずがない。三次元で機動する飛行機に当たるのは、ただでさえ、二次元運動の艦船への命中よりもずっと難しいのだ。

この空対空特攻を成功させるつもりなら、敵の掩護戦闘機を制圧できるに足る戦闘機を付けてやらねばならない。その必要度は、爆装零戦による対艦特攻よりも高く、一式陸攻に抱かれた「桜花」に対するものをも上まわる、と考えられる。

二十五番装着については、論外である。この二五〇キロ爆弾は、空対空用の三号爆弾（弾体が割れると、中に詰まった約八〇〇個または約一一〇〇個の小型弾が広範囲に広がる）だったともいわれる。

通常爆弾でも二十五番なら、爆発すればとなりの機にもかなりな影響を与え、いっきょに複数機を葬る可能性はある。三号爆弾なら、その効果はより高いかも知れない。しかし、それはあくまで命中させられての話だ。飛ぶだけが精いっぱいの状態で、戦闘機の攻撃をくぐり抜け、自機よりも速いB-24に当たるのは、そもそも不可能である。

対艦特攻攻撃の責を負った大西中将が、人間性はさておき、凡将だったと言うつもりはない。むしろ、副官・門司大尉が見るように「決断力があり、航空艦隊をひきいるには最適任者の一人」だったとは肯定できる。同じフィリピンにおいて、大仰なジェスチャーで多くの特攻隊を送り出し、「自分もあとから行く」と言い続けながら、結局は台湾へ逐電した陸軍・第四航空軍司令官の冨永恭次中将などよりは、ずっと器が大きかったであろう。

大西中将は第六期航空術研究員として、大正四〜五年に飛行機搭乗の訓練を受けた、偵察員の草分けである。艦隊出身の福留中将はともかく、航空の揺籃期とはいえ搭乗員の経験を有する大西中将にして、二十五番を抱いた零戦での戦爆連合への突入が、いかに無理難題か分からなかったのだろうか。それとも、一機で一艦の撃沈をめざす対艦特攻から考えて、爆弾なしの零戦の体当たりでB－24を一機落としたのでは、割に合わないと考えたのか。

三度目の不成功

門司大尉の当時のメモには、十二月二十六日と二十七日の、二回の出撃記録が残されているだけだ。二回とも戦果が判明しなかったので、大西長官は空対空特攻は無理と判断したようだった。だが、ひとたび特攻隊員に決まったら、出撃して目的をはたせず生き残っても、情況が急変しないかぎり、次から次へと死ぬまで出撃しなければならない。金鵄隊員も例外ではなかった。

クラーク周辺は敵機の跳梁が激しさを増したため、二〇一空の基地をルソン島北部のツゲガラオへ後退させる。年末までに移動を終えたが、特攻隊員と一部隊員はアンヘレスに残された。

三回目の出撃は、年が明けた昭和二十年の元旦。今回出るのは四機で、田中二飛曹、徳野飛長、津田飛長の金鵄隊員三名に、予備学生出身の少尉（姓名不詳）が指揮官として加わった。目標はこれまでと同じくB-24、乗機は二十五番を付けた零戦である。

「大編隊、近づく」の報告で出たのは、徳野飛長と津田飛長の二機のみ。指揮官の少尉と田中二飛曹の乗機は、不調だったからだ。二人の飛長は、重い零戦で少しでも早く上昇しようと懸命だった。突然、津田飛長は後方に機銃音を聞いた。振り返ると、後上方からP-38四機ほどが迫ってくる。別の四機が徳野機に襲いかかった。

徳野外次郎飛長

津田飛長はすぐに機首を下げて降下に入り、身軽になるため爆弾を投棄した。このとき横にいた徳野機に「爆弾落とせ」と手で合図すると、徳野飛長もこちらを向いて確認したようだった。投弾した津田飛長は態勢を整えたが、襲撃してきたP-38は味方の邀撃戦闘機に追われて離脱していった。

後下方を見ると徳野機が火を噴いて落ちていく。徳

フィリピン上空で零戦の体当たりを受けて、空中で大破したB－24。マークは第30爆撃航空群でも、戦闘空域が違う第307航空群機といわれる。後上方攻撃の引き起こしミスとの視認クルー証言もあるが、爆装の無意味さがはっきり分かる。

野飛長は爆弾投下がおくれ、P－38の銃弾が命中したものと思われた。翌二日の二十歳の誕生日を目前に、徳野飛長はふたたび帰らなかった。

B－24は第494爆撃航空群機、徳野飛長の零戦を撃墜したのは第49または第475戦闘航空群のP－38だ。このP－38Lと零戦五二乙型の性能では、同条件で戦っても飛長らに勝ち目がうすい。

対B－24体当たりの出撃は、この三回目で終わった。戦果はゼロ、未帰還三機がその決算であった。

空対空から空対艦へ

昭和二十年一月二日から五日までの四日間に、生き残った金鵄隊員は通常の邀撃戦に参加した。津田飛長も二回出撃し、一回はアンヘレス北西のリンガエンの海岸にある不時着用飛行場に、もう一回はクラーク付近の陸軍飛行場に降りている。

レイテ湾を一月二日に抜錨した米上陸部隊の大船団は、六日、リンガエン湾に殺到した。いよいよルソン島への進攻が開始されたのだ。すでに戦力の大部分を失っていた一航艦だったが、朝鮮の元山空から二〇一空に編入された特攻・金剛隊を、上陸船団に突入させた。

この一月六日、残存の金鵄隊員に特攻出撃命令が下った。今度は対B－24体当たりではなく、リンガエンの船団へ特攻攻撃をかけよ、と言うのだ。

午後四時ごろ、まず上空直掩と戦果確認をかねた一機が離陸し、ついで二五〇キロ爆弾を搭載した零戦四機が発進した。一番機は予備学生出身の少尉、二番機・福田一飛曹、三番機・田中二飛曹、四番機・津田飛長という編隊である。離陸後しばらくして、田中二飛曹が故障でUターン。

やがてはるか前方にリンガエン湾が広がり、海上に白糸状の航跡が見えてきた。目をこらすと、その上空に黒点が散らばっている。船団を上空直衛中のグラマンF6Fだ。特攻の三機は左右に広がり、戦闘隊形をとる。突入まで、もう一〇分とあるまい。ここで指揮官の少尉機は、「油もれ」と列機に伝えて引き返していった。

高度は三五〇〇メートルほど。前方に福田機、その右後方やや上空に津田機である。船団上空に近づく零戦が、敵の高角砲弾の炸裂でゆさぶられる。津田飛長は敵艦への体当たりだけを考えていた。F6Fは三層配備で、下方からもせり上がってきた。この敵機群を撃ちつつ、飛長が艦船群に接近していったとき、後上方からたて続けに二～三撃を受け、操縦席前方の燃料タンクに被弾。ガソリンが霧状に噴き出し、風防を開けたが、すぐに発火して顔面に火傷(やけど)を負った。

座席のベルトをしていなかった飛長は、反転時に機外へ放り出されてしまった。水平尾翼で肩を強打、骨折し、気を失った。さいわい、自動曳索によって落下傘は開き、意識がもどって、山間の水田に降着した。このとき左手首を骨折している。

満身創痍の津田飛長は、フィリピンでは珍しい親日的な原住民に助けられ、サンカルロスまで馬車で送ってもらった。夕方、陸軍の前衛守備隊に引きわたされ、さらに野戦病院へ移動。まもなく憲兵隊の手助けで、アンヘレスにもどってこられた。

もう一機の福田一飛曹は未帰還で、戦果確認機が「突入」を報告した。しかし、津田飛長も「突入」が伝えられていたから、この判定はいささかあいまいと言える。F6Fの群れのなかで、追われながら特攻機の最後を確認するのは、ほとんど不可能なのだ。ただ、艦隊および船団中に数条の黒煙が上がっていたから、福田機が体当たりに成功した可能性は残されていよう。

途中で引き返した田中二飛曹のその後は不明である。連合艦隊告示・第二百五十四号で、二飛曹は金鵄隊初出撃の十二月二十六日に戦死と明記されているが、これは明らかに誤りだ。しかし、その後に戦死を遂げたのは、まず間違いあるまい。

もう一人の、指揮官として途中から参加した少尉の消息は、判然としていない。これまでの調査では、一月中に内地に帰り、関東上空で艦上機と空戦、未帰還にいたった可能性がある、としか言い得ない。また、彼が正式に金鵄隊員を命じられていたかどうかも不明である。

一月九日のリンガエン湾からの敵上陸で、アンヘレスやバンバンにいては、下手をすると退路を断たれかねない。同日、もともと〝助っ人〟の二航艦司令部は、フィリピンからの転出が決まった。福留中将以下の司令部幕僚は、マニラのすぐ南西にあるキャビテ水上機基地で水上偵察機「瑞雲」に分乗し、九日のうちにベトナム南部のカムラン湾をめざして脱出した。実際には八日付で二航艦は解隊し、組織としてすでに存在しなかった。

そのさい門司大尉は、二航艦の副官に「これだけは間違いなく内地に届けてくれ」と、特攻隊の記録綴りを手わたした。

一航艦司令部は山中にこもる決意だったが、軍中央から台湾への転進命令が来て、大西長官以下の幕僚は一月十日に空路で高雄へ向かった。やはり山ごもりを覚悟した二二一空の搭乗員たちには、フィリピンからの救出命令が出された。十日以降、何人かずつ一式陸攻に乗って、台湾へ移っていく。

津田飛長は動けない身体を陸攻に乗せられ、一月十一〜十二日の夜間にアンヘレスから台湾南部の岡山飛行場に到着。台中、鹿屋をへて千葉県茂原基地へ向かった。三航艦直属の二五二空・戦闘三〇八飛行隊へ転勤を命じられていたからだ。

二二一空の指揮下で壊滅ののち、二五二空のもとで再建された戦闘三〇八は、津田飛長にとってフィリピン進出前の笠ノ原以来の、なつかしい飛行隊だった。とはいえ、負傷が癒えない彼は入室（隊内の病室で休む）したままなので、飛行作業には出られなかった。

茂原から茨城県百里原へ基地を移すことになり、回復する見込みがない飛長は兵役免除を言いわたされた。それを拒んで横須賀の、ついで舞鶴の海軍病院へ入れられ、やがて城崎温泉で療養中に終戦を迎える。

敗戦の八月十五日の夜、大西中将は切腹、自害した。その「特攻隊の英霊に曰す　善く戦いたり深謝す」で始まる遺書は広く知れわたっている。「特攻隊の英霊」のうち五名は、海軍特攻を通じてほかに例を見ない、空対空特攻隊員である。生存の津田飛長をふくめた金鵄隊員が、戦果は確認されずとも、きわめて過酷な状況のもとで「善く戦」ったことは、くり返して述べるまでもないだろう。

獅子(しし)は吼(ほ)えたのか
——フィリピンでの苦戦を追って

昭和十七年（一九四二年）の年末に試作機が初飛行した、乙戦（局地戦闘機）「紫電(しでん)」の印象はうすい。〝名機〟の称号を得た零戦と「紫電改」にはさまれて。

零戦に浮舟(フロート)を付けた二式水上戦闘機の三倍、太い胴体の乙戦「雷電」および夜間戦闘機「月光」のそれぞれ二倍、零戦の兄貴分の九六式艦上戦闘機と同等の、一〇〇〇機もが作られた制式機なのに、用法と実績の具体的な回答を出しにくい。

原因の第一は明白だ。「紫電」を主装備機とする二個航空隊のうち、本格派外戦部隊である第三四一(さんよんいち)海軍航空隊の実績が、明らかにされなかったことによる。とはいえ昭和五十年代なかば（一九八〇年ごろ）までは「雷電」「月光」の戦歴も、誤りと不明だらけの似たようなものだった。

いま遅ればせながら、これまでに取材した在隊一五名の回想を軸に、三四一空の実情の再現を試みる。

なかなか来ない新鋭機

短期決戦での勝利を可能にする強力組織をめざし、第一航空艦隊司令部が編成されたのは、米軍の反攻が顕著なソロモン戦線の敗退がめだってきた、昭和十八年七月。以後十九年の元日までに、各機種合わせて一〇個航空隊が、第六十一航空戦隊司令官（一航艦直率）の麾下部隊として開隊した。続いて十九年二月には六十二航戦司令部を新編、一ヵ月半のあいだに同じく一〇個航空隊が作られ麾下に入れられた。

両航空戦隊には、二個ずつの「紫電」装備予定部隊が含まれた。六十一航戦は三四一空と三四三空、六十二航戦が三四五空と三六一空である。六十一航戦の航空隊は動物、六十二航戦のほうは自然現象の、それぞれ漢字一文字の別称を持っていて、「紫電」装備予定部隊は順に獅、隼、光、晃だった。シシは獅子と書くが、「獅」一文字だけでもその意味を有し、三四一空ではもっぱら獅部隊と表記した。

これら四個部隊のうち開隊は、十八年十一月十五日付の三四一空がいちばん早い。飛行隊長の白根斐夫大尉には、十五年九月の零戦初空戦に参加以来の実戦キャリアがあり、ベテラン准士官、戦地帰りの下士官もいた。しかし、分隊長要員をふくむ兵学校、予備学生出身の士官は実用機教程を終えて間がなく、人数の主体を占める六三名もの第十期甲種飛行予科練習生出身の二飛曹たちも、飛行練習生を卒業してすぐの着任で、これから全体を練り上げていく状態だった。

装備定数は常用二七機、補用九機の合計三六機だが、開隊の三ヵ月前に兵器に採用（制式採用は十九年十月）された「紫電」一一型は、年末まで一機も入手できなかった。二重引き込み式の複雑な主脚、VDM式恒速プロペラ、「誉」エンジンの不具合と故障、改修が続発。速度不足が顕著化し始めた甲戦たる零戦と、乗りこなしにくく運動性が劣る乙戦「雷電」の、両方のピンチヒッターと目されながら、生産は滞り一向に捗らなかったからだ。

館山基地で訓練用の零戦二一型の尾部に座った福永智二飛曹(左)と小野正夫二飛曹。垂直安定板に白ペンキで書いた「獅」が達筆だ。昭和19年2月に撮影。

新たに造成された松山基地での三四一空の飛行作業は、横須賀空から逐次空輸の零戦二一型を使って始まった。しかし松山には同じ六十一航戦に配属の二六三空・豹部隊がすでにいて、訓練に支障を来すためか、早くも十二月五日に鹿児島県笠ノ原基地へ移動。ここも二六五空・狼部隊が使用中で、翌十九年一月十五日には千葉県館山基地へ再移動する。

笠ノ原では零戦二一型のほかに、飛行特性がいくらか「紫電」に似た零戦三二型もたらされた。第六十九期兵学校生徒出身で分隊長要員の金子元威中尉が三二型、甲飛十期の横堀嘉衛門二飛曹が二一型に乗って、館山で同位（同高度）での格闘戦を試行したところ、部隊勤務歴が九ヵ月長い金子中尉の後方に、運動性に優れた横堀機がたちまち食いついた。次に金子機がグラマン的な一撃離脱をかけると、速度が劣る横堀機は追随できなかった。同期生の機動を地上から見て、前線の苦戦を想像した小野正夫二飛曹は「紫電」の到着を待ち望んだ。

最大難点は主脚にあり

川西航空機へ機材受領と操縦訓練に出向いた、白根大尉ら熟練者三名が、最初の「紫電」三機を川西航空機から館山に空輸してきたのは、十九年一月下旬。量産機が間に合わず、どれも無塗装で集合排気管の試作機だった。

「ずんぐりしたグロテスクな胴体。中翼（胴体の途中から主翼が出る）で脚が長く、四枚ペラを回す『誉』（エンジン）のものすごい爆音。いよいよこれに乗るのだと、胸震える思い」を伊奈重頼二飛曹に感じさせた。三四一空搭乗員の多くの心境も大同小異だったであろう。伊奈兵曹の「初飛行は命がけ」の気分は納得できる。

零戦での各種編隊機動や攻撃訓練のかたわら、「紫電」の地上滑走、離着陸、基本操訓が始まった。追加機材は単排気管の一一型で、間隔をあけて数機ずつ空輸され、特殊飛行、垂直（直上方）攻撃にも使ったが、機材不足から零戦の併用は続いた。

大村空の教員から十八年の末に転勤してきた、十五期丙飛予科練の青柳茂飛長。太い胴体の座席に入ったとき、位置の高さゆえ恐れを覚えた。乗りなれた零戦との差は外形だけではない。水メタノール圧力計あり、手動と自動に切り換えるフラップあり。

垂直旋回にかかると、G（重力）に対抗するかたちで自動空戦フラップが出たり入ったりし、揚力維持、失速防止を請け負ってくれる。逆に、零戦得意の捻り込みはやりにくい。失速前に空戦フラップが出てしまうからだ。小回りを利かす格闘戦は零戦には敵わず、速度と突っこみなら零戦の追撃を許さない。小野二飛曹らが期待した一撃離脱戦法向きの機材だった。ただし、零戦にくらべての話である。

トラブルと事故のいちばんの原因は、中翼式の形状がもたらした、二段引き込み式の長い主脚。着陸時の横風を受けて機が回されると、脚柱が折れるのだ。また、館山は短い滑走路がT字形に配され、海寄りのは前が山なので、どうしても主車輪のブレーキを強めに踏む。この利きが左右で違うため、機をグルッと回されて脚が折れてしまう。

整備予備学生として「紫電」と「誉」を専修した八木正男少尉は、十九年六月に着任した。夏から秋にかけての平均可動率はおおよそ五〇パーセント、ブレーキが原因での事故が最多だったという。「滑走路の前端部に降りれば、強い制動は必要ないのに」と八木少尉は思っ

６月15日、機材空輸の硫黄島でＦ６Ｆと戦い、中辻安夫飛長の零戦五二乙型は森に墜落。左にカウリングと左翼が見える。彼は半年後、マルコットでＰ－47の銃撃を受け戦死する。

たが、重くて速度を殺しにくい「紫電」は、零戦を接地させるのとは訳が違った。空戦フラップの不具合も少なくなかった。

離陸時、強いプロペラ・トルクの反作用とプロペラ後流のため、機首がまず右へ、ついで左へ大きく振れる。これを修正しきれず、列線へ突入する事故も生じた。着陸時には沈みが大きく、あわてて出力を上げるとエンジンが息をつき、失速してスピンにおちいる。甲飛十期の蔵原俊男一飛曹（五月に進級）がこの事故で七月八日、館山湾内に墜死した。

三四一空の初陣は六月十五日。ただし「紫電」ではなく、テニアン島の二六一空へ空輸する零戦五二乙型に乗ってである。一三機が中継地の硫黄島・千鳥飛行場から、米海軍の第1、第2、第15戦闘飛行隊のグラマンＦ６Ｆを邀撃し、多勢に無勢の不利な空戦で、分隊長・金子大尉（三月に進級）ら八名が戦死。壊れずにちゃんと着陸できたのは、一機を撃墜の小野一飛曹と、機銃故障で空中避退した君山彦守少尉だけ

格納庫前のエプロンに三四一空・戦闘第四〇一飛行隊の「紫電」一一型が列線を敷く。19年初秋の宮崎基地で、フィリピン戦を控えた静かなひととき。

だった。

その後も館山で錬成を続行し、七月には無線電話を用いた零戦での編隊空戦、「紫電」四機縦列の直上方攻撃など、対重爆撃機用を含む機動にはげむかたわら、洋上を飛ぶ航法訓練を実施した。次期決戦・捷号作戦に参加への布石である。

南下する特設飛行隊

編成、編制の両面にも変化があった。マリアナで壊滅した一航艦と六十一航戦のかわりに、六十二航戦が二航艦に改編され、三四一空は七月十日付でその配属部隊に編入。同時に特設飛行隊編制の導入により、三四一空飛行機隊は戦闘第四〇一飛行隊に改編され、あらためて三四一空司令の指揮下に入った。戦闘四〇一の装備定数は常用三六機、補用一二機の計四八機。書類上ここで獅部隊の別称は消えたが、戦闘四〇一の隊員たちは使い続けた。

八月なかば、南下が始まり、三四一空・戦闘四〇一飛行隊は館山から宮崎基地へ移動する。続いて同月三十一日にまず「紫電」一七機、九月なかばには二五機が、沖縄県小禄（海軍では「ころく」と呼ぶ者が多かった。いまの那覇空港）経由で台湾・高雄に進出した。古くから陸攻隊が使って名高い高雄基地は「岡山の飛行場」とも呼ばれた。

この間の九月十一日付で白根大尉が転勤し、分隊長だった浅川正明大尉が後任の飛行隊長に補任された。白根大尉が赴任した別の「紫電」隊については後述する。

開隊から一〇ヵ月の訓練期間は、当時としては恵まれていたと言えよう。しかし、同期の技倆水準を超える伊奈二飛曹にとって、乗りこなしたと自認する零戦の操縦難度を一とするなら、「紫電」は難度一・六〜一・七で、いまだマスターしきれていない感を拭えなかった。楽には御せない飛行特性に、小野一飛曹は「『紫電』に比べりゃ零戦はオモチャ」の感を抱いた。

増田洪志中尉は飛行学生を終えて、六月から「紫電」に搭乗した。速度、上昇力が傑出しているわけではなく、格闘戦に秀でもせず、主脚が弱いこの機を歓迎し難くて、同じ台湾の新竹に進出していた二二一空・戦闘三一二飛行隊の零戦に乗る同期生がうらやましかった。

館山では翼下に二〇ミリ機銃のポッドを付けた一一甲型だけだった。その後に翼内に四梃装備の一一乙型を受領したか否かは不明だ。

三四一空付の兵器整備分隊士・柳沢三郎少尉をひどく困らせる事態はなかったが、弾薬包の送弾詰まりを搭乗員から指摘された。高雄にある第六十一航空廠の技術士官の提案を受け、潤滑油の種類変更を実行してみても、成果を得られないままだった。

かねてよりの「誉」エンジンの脆弱性は依然としてあり、八月末に高雄に進出した分のうち、九月十三日現在で九機が、ケルメット（鉛と銅の合金）製軸受けの焼き付きのため整備中だった。ほかに事故で二機が失われ、完備状態なのは四機にすぎなかった。

十月一日の時点で、高雄基地の戦闘四〇一が保有する「紫電」は三二機（うち可動二〇機）、四六名の搭乗員が出動可能だった。ほかに宮崎に一一機（同六機）、搭乗員二十数名がいた。

空戦が始まった

米軍はフィリピン上陸を前に、後方基地に襲いかかる。十月十日にまず沖縄が艦上機の戦爆連合の攻撃にさらされた。次の目標は当然、台湾。

十一日、空襲の通報があり、戦闘四〇一は全力で岡山飛行場を急速発進。集合空域に決めてある中部台湾西岸の鹿港上空へ向かったが、誤報だったためまもなく帰投（帰港投錨を略した、帰還の意味の海軍用語）した。

翌十二日は未明から、台湾全土に空襲警報が発令されていた。早朝、戦闘四〇一から若林重美中尉と松本孝中尉の「紫電」二個小隊八機が、高度六〇〇〇～七〇〇〇メートルでの上空哨戒に発進。うち一機は故障でもどってきた。

10月12日、台湾空襲から帰り「ホーネット」に着艦したF6F「ヘルキャット」。対戦日本機への評点は低かった。

午前七時ごろ、指揮所の見張員が「零戦、空中分解！」と叫んだ。即時待機で「紫電」の操縦席から望見した小野一飛曹たちには、北へ二〇キロの台南上空での三号爆弾の炸裂と分かったが、同時に、キラキラときらめくものが見えた。空戦中なのだ。

同じころ、指揮官の飛行隊長・浅川大尉のところに兵が、敵機群の花蓮港上空通過を伝える電報を持ってきた。このときすでにF6F「ヘルキャット」群は、高雄上空に接近しつつあった。

全機発進が下令されてエンジンが始動し、出やすい位置の機からてんでに発進に移る。列線は二列。前の機のエンジンがかからず、小野一飛曹は空きができた右方向へ操向して滑走路に出た。彼の発進は一三番目で、まだ何機かが続くのを見た。

上空哨戒中の七機だけは、下方に入ってきたF6Fをベテランの光岡三郎上飛曹が視認し、若林中尉に知らせたため、敵よりも高度が上の優位戦を始められた。しかし、急遽上がった主力は上昇中、二〇〇〇メートルまで高度を取らないうちに降りかかられる、最もまずい状況におちいった。伊奈一飛曹らは間隔を広く開けた戦闘隊形をとって、旋回しつつグラマンの攻撃から逃れ、離脱に成功。零戦なら可能な、劣位（敵よりも低空）からの旋回捕捉は「紫電」には無理だった。

第一撃を切り抜けた浅川大尉以下は、集合空域の鹿港へ向けて、高度を稼ぎつつ北上していく。前方に空戦が展開されていた。大尉はそのまま飛び続けるが、戦いを熟知する岡元高志飛曹長は不利な突入を避け、列機を連れて東の新高山方向へ変針した。

後ろに付く小野一飛曹は「どこかで変針するだろう」と浅川大尉の編隊に追随するうちに、左前上方からF6F二機が急襲。浅川編隊は四機とも一撃でやられて発火し、深沢柳二一飛曹は落下傘が燃えて墜死、都築一飛曹は機外へは出たが受弾により戦死した。

臨時の四機編隊を組んでいた増田中尉だが、射弾をかわすべく急旋回を打って列機二機は分離。敵の後上方に迫り、大塚正治一飛曹と攻撃にかかった。しかし、せっかくのチャンスに増田機の機銃は発射不能で、大塚機が一機を落とすのを見てから降下、帰投した。

小野一飛曹も別のF6Fに付かれたが、右へひねって急降下で危機を脱した。このとき彼は、F6Fを攻撃中の大塚一飛曹（増田中尉が目に留めたシーン）が、さらに後ろに食いついた敵機に撃たれて発火するのを認めた。大塚兵曹は火傷（やけど）を負ったが、落下傘降下で生還している。

高度を取り直した小野一飛曹が、同期の高橋弘一飛曹の「紫電」と編隊を組み、東へ飛んで出くわしたのは戦爆連合の大編隊。太陽を背に再上昇し、六〇〇メートルほど優位から突入にかかるとき、高橋機は別の大編隊を左上方に見つけ、小野機に射撃で火急を伝えて離れていった。

高橋機が知らせた大編隊から四機が分離して、小野機に降りかかってきた。攻撃するはずだった初めの大編隊のあいだを、二〇ミリ弾を放ちながら降下、突き抜ける。赤ブーストの緊急出力を使うと、撃ってくるF6Fとの距離は縮まらず、被爆後の屏東(へいとう)飛行場から湧き上がる黒煙に突っこんで振り切った。アンテナ柱が根元からちぎれとんでいるのを、小野兵曹が知ったのは地上に降り立ってからだった。

編隊を組む暇(いとま)なく、西方洋上へ離脱したのは青柳二飛曹(五月に進級)。高度を高めて高雄上空にもどり、やはり単機でいた植松三郎一飛曹と合流した。かなたのTBF(TBM)「アベンジャー」攻撃機四機編隊をやりすごし、F6Fを求めて索敵したが機影を見ず、高雄基地へ降りている。

「紫電」にとって最初の、かつ最大規模の空戦で、戦闘四〇一は二四機ほどが出動。ほかに本来は曳的用(曳航標的の吹き流しを引く役目)の零戦五二型一機も加わった。搭乗員の戦死は若林中尉以下の一〇名。台湾沖航空戦関係の電報綴(つづり)には、撃墜一〇機、損失一四機との記載がある。

戦闘四〇一と戦った主敵は、空母「エセックス」からの第15戦闘飛行隊か「エンタープライズ」からの第20戦闘飛行隊の、どちらかのF6Fと考えられる。この時点では「紫電（ジョージ）」は、米軍前線部隊にとって確たる識別機にふくまれておらず、対戦相手を零戦および陸軍の「二式戦闘機（トージョー）」と見なしているが、台湾に二式戦「鍾馗（しょうき）」の部隊はいなかった。第15戦闘飛行隊の損失は対空砲火または故障による二機、第20戦闘飛行隊は落下傘降下した一機だけだった。

翌十三日も敵艦上機は大挙、南部台湾に来襲した。戦闘四〇一は多からぬ可動機が邀撃し、境忠上飛曹、大石嗣彦一飛曹、及川博一飛曹が戦死。十五日は八機ほどが上がったが、会敵していない。

十四日にはボーイングB-29の爆撃を受けて、施設も滑走路も手ひどくやられたため、戦闘四〇一は高雄基地の東にある不時着用の大崗山（たいこうざん）飛行場へ移動した。もともと水牛を放牧する草地だが、「紫電」の離着陸にとって難点はなかった。

二頭目の獅子

三四三空、三四五空、三六一空は「紫電」の生産遅延のため零戦を装備し、いずれも十九年七月十日付で解隊にいたった。ただし三四五空だけは、飛行機隊がそのまま戦闘第四〇二（「よんまるふた」よりも「よんまるに」と呼ぶケースが多かった）飛行隊に改編され、三四一

戦闘第四〇二飛行隊長
藤田怡与蔵大尉

空の指揮下に編入された。すなわち戦闘四〇二は、戦闘四〇一と兄弟部隊の立場に置かれたわけである。

戦闘四〇二の飛行隊長には、「紫電」から零戦に変更して硫黄島でF6Fと戦った戦闘六〇一の、飛行隊長を務めた藤田怡与蔵大尉が任じられた。装備定数は戦闘四〇一と同じく「紫電」四八機。三四五空で飛行隊長を務めた園田美義少佐は、三四一空の飛行長に補任された。

三四五空当時の訓練基地は兵庫県鳴尾、ついで陸軍の伊丹飛行場を使い、短期間だが館山で「紫電」の操訓を実施。戦闘四〇二への改編にともない愛知県明治に移った。

明治基地での訓練内容は、零戦二一型十数機と五二型数機により対重爆主体の攻撃訓練を、九三式中間練習機で航法訓練を進めつつ、鳴尾から「紫電」を逐次空輸。編隊飛行から攻撃訓練へと「紫電」の飛行作業をはかどらせ、八月下旬には二〇機前後を使って直上方、前下方、後上方擬襲（演習）をくり返すところまで来た。

三四一空飛行機隊／戦闘四〇一の下士官兵搭乗員の主体を甲飛十期が占めたように、三四五空では第一期乙種飛行予科練習生〔特〕、略して特乙一期出身の上飛が、十九年二月に四五名も着任。戦闘四〇二に改編後も出身期別で最多の人数だった。

そのうちの一人、岡田良上飛は、零戦の乗りやすさを好む気持ちを抑えて、「紫電」の操舵の重さ、速度を生かした一撃離脱に、十八歳の若さで順応していった。目立ったトラブルはエンジンよりも主脚に発生。両車輪のブレーキが同時に強く噛んで、つんのめった機が逆立ちし、さらに背面から裏返しに倒れるシーンも目撃した。

岡田上飛自身ものち（宮崎への移動時）に、飛行中にブレーキの作動油パイプからオイルが操縦席内に噴出して、顔にかかるアクシデントにみまわれた。風防を開け、飛行眼鏡をぬぐって視界を確保し、うまく着陸できたけれども、機首の左偏向を抑えるブレーキが利かず回された。左主脚が折れ、左翼端が接地し破損したため、別の「紫電」をあてがわれた。

「紫電」の長い主脚をとおして戦闘四〇二の岡田良上飛（左）と並川清上飛を撮った。19年春の明治基地。

空戦訓練の特殊飛行中に乗機が突然、勝手に横転するようにクルッと回り、若松光義上飛を驚かした。すぐに回復できたが、この不意自転も「紫電」の悪癖の一つだった。

「雷電」ほどではないが太い機首と胴体ゆえ

に、視界は零戦に比べてどうしても劣る。舵は重いし、ブレーキが片利きだと回される。八月に海兵七十二期の同期四人で明治に着任した竹村信少尉は、気楽に操れる零戦が自転車で、「紫電」はオートバイに乗り換えたような差異を感じた。編隊空戦の訓練をやるにはやったが、基本になる二機・二機の機動も、あらゆる状況をこなすまでの時間的余裕は得られなかった。

宮崎基地で戦闘四〇二の中袴田哲郎少尉と「紫電」一一甲型。零戦よりも断然力強いスタイルだが、飛行性能はさほどではなかった。

「紫電」の受領については、連絡機がわりの九〇式機上作業練習機、九三中練、あるいは汽車で搭乗員が鳴尾へ出向き、明治に空輸した。人事局の統計資料には、九月一日の時点で「紫電」五三機保有（うち可動二三機）とあるが、保有の機数には零戦を含むと考えられる。

戦闘四〇一に一ヵ月あまり遅れて、戦闘四〇二も南下にかかり、九月二十三日には宮崎基地に移動。十月一日の保有機は「紫電」三〇機（うち可動二五機）、零戦二三機（同一八機）で、搭乗員九一名のうち作戦飛行に応じ得る技倆なのは四〇名だった。

訓練は宮崎でも続けられた。先着の戦闘四〇一も既述のように一部が残存していたが、同じ航空隊の所属とは言え、両飛行隊の隊員の交流はほとんどなかった。ただし、戦闘四〇二の前身は光部隊でも、いまは三四一空すなわち獅部隊の一隊と自認していた。

進出先はやはり台湾

十月十二日に始まった台湾沖航空戦を受け、西第一空襲部隊の制空隊として、戦闘四〇二飛行隊にも米機動部隊に対する大航空戦への参入が下令された。

「紫電」の可動機は限られ、搭乗員全員には行きわたらない。搭乗割に入らなかった竹村中尉(九月に進級)が出動を希望すると、「それじゃ零戦の古いので行くか」と零戦二一型四機が用意された。やはり乗機にあぶれた沢田壮児少尉、田中弘少尉ら第十三期飛行専修予備学生出身者は、別動の九六陸攻に便乗である。

十四日の朝、飛行隊長・藤田大尉以下の「紫電」二四機と零戦四機は、宮崎を発(た)って燃料補給の中継地・沖縄へ向かう。小禄飛行場から台湾周辺の航空戦に参入し、その後に台湾の基地に降着する手はずだった。全機、今後の作戦のため増槽を付けていた。普遍的な零戦の容量三二〇リットルの増槽と違って、「紫電」用の四〇〇リットルのものは他所(よそ)では手に入らない。

零戦二一型に乗る竹村中尉は、まわりを飛ぶ九九式艦上爆撃機、艦上攻撃機「天山」、零戦五二型の異様な大編隊に目を見張った。いずれも南九州の基地を離陸して沖縄へ同行する、西第一空襲部隊・第二攻撃隊の各隊なのだ。

飛行中、「紫電」はウィークポイントを露呈した。

藤田飛行隊長機のエンジンが不調になり、小禄までもたず、伊江島への不時着陸を余儀なくされた。サポートのために追随着陸した三番機に乗り換えて、小禄に到着したのは、主力が二〇三空零戦隊・鴛淵（おしぶち）孝大尉の指揮ですでに発進したあとだった。

三番機の「紫電」にも不具合があったのか、藤田大尉は宮崎基地へもどるため、故障機のなかからなんとか飛べる零戦を選び出す。羅針儀（コンパス）が動かず、エンジン回転と主脚の格納に問題がある不良機を操り、洋上航法をこなして帰り着いた。

岡田飛長（十月一日付で進級）は二度目の降着装置のトラブルを味わわされた。小禄に着陸のさい、接地と同時に尾輪柱が折れ、機体の破損はなかったが、宮崎から部品を取り寄せるため彼だけ小禄に残留。翌十五日、修理を終えた機で戦闘四〇二の主力を追って、台湾へ向かう途中に天候不良に遭い、石垣島の陸軍飛行場に不時着陸した。

主力も天候に阻まれて宮古島に降りていた。石垣島に一泊した岡田飛長は、合流すべく宮古島へ。こんどは着陸時に増槽が外れとんで壊れてしまい、また宮崎からの増槽取り寄せで、彼だけ大嵩山行きが一日遅くなった。

竹村中尉の古い零戦二一型は小禄を離陸後、エンジン不調で機内温度が上昇し、操縦席に出た七・七ミリ機銃の後部がさわれないほど熱くなった。編隊から離れ、不時着水を覚悟で飛んで宮古島にたどり着いた（主力が降りる前日）。過熱原因の汚れた点火栓を取り換えてもらい、帰還命令により宮崎基地へもどっていった。

十四日に「紫電」のうち九機は宮古島に降りず、二個隊の零戦（鴛淵大尉指揮？）とともに雷装の「天山」を掩護して機動部隊を索敵。台東の東方一五〇キロの洋上で、軽空母「キャボット」搭載の第29戦闘飛行隊のF6Fに襲われ、「紫電」一機を含む六機が撃墜された。敵の損失は一機である。

八機の「紫電」は台南基地に着陸し、その後に大崗山へ移動して戦闘四〇二主力と合流したと思われる。四〇二主力の大崗山到着は十月十六日だから、戦闘四〇一に一日遅れという結果だった。

決戦航空兵力の制空隊

悪天候下あるいは夜間の強襲航空攻撃で、米空母群に大打撃を与える目的が、T部隊の構想の基盤をなす。発案者・源田実中佐の構想が理想にすぎた点はさておき、この特殊精鋭戦力の一隊として、十九年七月十日付で戦闘第七〇一飛行隊は横須賀空で編成された。実用実験担当の横空戦闘機隊が、基盤をなしている。

装備機「紫電」の任務は、乙戦としての重爆邀撃ではなく、敵戦闘機と戦って「天山」や

横須賀航空隊の戦闘機隊でエンジン試運転中の「紫電」一一甲型2機。手前右は艦爆隊の二式艦上偵察機一二型。

陸上爆撃機「銀河」の進路を切り開く、甲戦としての制空担当だった。零戦よりは高速で、運動性もそこそこある点が買われたのだろう。開隊時の定数は二四機だが、四八機と明記した公式資料もある。

飛行隊長は戦歴充分の新郷英城(ひでき)少佐。エンジンと主脚の複雑さでトラブル続出の「紫電」をきらう新郷少佐が、盛夏のころ急に「乗るぞ」と言い出した。横須賀基地を離陸し、ややたって帰ってきたとき主脚が出ない。これまた歴戦の松場秋夫少尉が、脚の出し方を胴体に書いた機で同航したが、操作の効果なし。

片脚着陸で乗機を破損させた、癇癪(かんしゃく)持ちの少佐は「隊長やめた。明日から君、隊長だ」と、兵学校が一〇期後輩の分隊長・岩下邦雄大尉に宣言し、人事局へ出向いて実現させてしまった。岩下大尉の戦闘七〇一飛行隊長補任は八月十日付である。

新郷少佐が「紫電」に愛想をつかした裏側には、零戦の素直な操縦性があったのは間違いない。零戦のバランスがとれた万人向きの性能を、岩下大尉も高く評価していた。

彼は戦闘七〇一の前に、三〇一(さんまるいち)空および特設飛行隊編制を導入後の戦闘六〇一で「雷電」

が乗機だったから、海軍の現用単座戦闘機三種の違いが分かる。操縦のしやすさを、零戦を五とすれば「紫電」は三、「雷電」は二、というのが大尉の感じた評価だ。これを裏返せば、操縦難度は零戦が二なら「紫電」は三か三＋、「雷電」が五になる。つまり最難物戦闘機の「雷電」に比べれば、まだしも「紫電」はマシなわけで、この順位と難度の判定は適切で妥当性が高い。

もちろん個人差はある。竦腕（らつわん）の松場少尉も三〇一空で「雷電」に搭乗した。「難しいのは『紫電』。飛行中の安定がよくない。『雷電』は航続力が小さいが、空戦では速度と上昇力を生かせば『紫電』より使いやすい」と判断している。

二航艦首席参謀のメモによれば、九月一日の時点で戦闘七〇一の搭乗員は四一名。そのうち、どんな任務にも応じうるA組は一二名、通常の作戦飛行に使えるB組が八名。つまり半分が実戦即応であり、新編後五〇日の飛行隊としてはかなりレベルが高い。マイナス状態の天候下を作戦条件にするT部隊の性格から、当然の人員構成と言えるが、この技倆判定は零戦でのもので、「紫電」については、ようやく単機空戦の訓練にかかったところだった。

訓練のペースが遅いのは「紫電」の不足のためだ。同参謀のメモには、訓練用の二四機は改修中、作戦用は皆無で九月二十日までに三機受領予定、とある。訓練用機のどこを改修しているのか、作戦用機はどう違うのかは分からない。

九月上旬、突然の激しい腹痛に襲われた岩下大尉は、虫垂炎の診断により入院。重要なT

戦闘四〇一から七〇一飛行隊長に転じた白根斐夫大尉。

部隊の制空隊、しかもすぐに「紫電」を乗りこなせる大尉クラスの搭乗員など、おいそれとは見つからない。そこで前述のように、戦闘四〇一飛行隊長の白根大尉を九月十一日付で岩下大尉の後任に任じたのだ。

三個隊が大崗山に

戦闘七〇一は十月三日付で原隊（派出元）の横空から、二航艦直属の七六二空に編入された。これでT部隊の攻撃用戦力は七六二空のもとにまとめられ、運用の効率化が図られた。これにともなって戦闘七〇一は、基地を鹿児島県の鹿屋へ移す。

だが腰を落ち着ける間もなく、一〇日とたたずに台湾沖航空戦が始まった。第一陣を命じられた松場少尉指揮の「紫電」一二機は、増槽を付けて鹿屋を発進。雷撃隊（「天山」か）を掩護しつつ台湾東方洋上へ飛んだが、機動部隊には会敵しなかった。

そのかわりにF6F約二〇機と空戦になった。敵味方とも燃料に余裕がないため、五分ほどで終わり、松場少尉が火を吐かせた一機を含めて四機の撃墜を記録し、「紫電」は損失なく台南基地に着陸できた。零戦でもF6F撃墜経験を持つ松場少尉は、練度を高めれば「紫電」でこの強敵と戦いうると判断した。彼らはその後、間をおかず大崗山に移動する。

この交戦の日付は、一次資料を得られず特定しがたい。状況が似ているところから、十四日の戦闘四〇二の一部の空戦は、実は戦闘七〇一によるものであったのかも知れない。戦闘四〇二と記載された一次資料の精度がやや低いからだ。

十月十六日は、誤認と希望的観測に彩られた台湾沖航空戦の最終日。西第一空襲部隊の第二次総攻撃戦力八四機が、朝早くに南九州の基地を離陸した。このうち二三機が「紫電」で、沖縄で出撃待機ののち台湾へ向かった。これは戦闘四〇二の残存機（一部は戦闘四〇一所属か）が該当する。

白根少佐（十五日付で進級）が率いる戦闘七〇一の本隊も、下旬のうちに南部台湾の大崗山飛行場に駒を進める。

決戦基地はマルコット

台湾沖航空戦が終わって二日後の十九年十月十八日、連合艦隊司令部は決戦場をフィリピン方面とする捷一号作戦を発動。

翌十九日の早朝、大崗山飛行場にあった、三四一空の戦闘四〇一、四〇二両飛行隊の「紫電」一一甲型は、四一機を数えた。そのうち可動は三〇機だから、難物エンジン装備機としてはまずまずの状態と言える。

フィリピンの第一航空艦隊（第五基地航空部隊）の戦力不足を補って機動部隊攻撃に出る

台湾・大崗山飛行場で戦闘四〇二の「紫電」一一甲型を点検中。手前の中尉は氏名不詳で、他隊の搭乗員かも知れない。

ため、台湾にあった二航艦（第六基地航空部隊）の直率航空隊全力の、フィリピン進出が十月二十二日に実施された。これら各隊の基地には、ルソン島マニラ周辺と、マニラ北西一〇〇キロのクラーク地区の飛行場群が指定してあった。

三四一空の基地は、クラーク飛行場群の中央部に位置するマルコット。同じ「紫電」を装備する戦闘七〇一飛行隊も、マルコットを指定された。実質的にT部隊から離れた戦闘七〇一は、七六二空の指揮下も便宜上で、三四一空とともにフィリピンでの制空任務をになう立場に変わっていた。

二十二日の午後、二航艦司令長官・福留繁中将、三四一空の新司令・舟木忠夫中佐らが乗る輸送機隊を掩護するかたちで、零戦隊とともに「紫電」が大崗山を発進。マルコットに着いたのは、戦闘四〇一から戦闘七〇一飛行隊長に転じた白根少佐が指揮する二四機だった。四機編隊の二番機を務めた戦闘四〇一の小野一飛曹の、長機は七〇一の松場少尉、三、四番機は特乙一期出身者だから四〇二の搭乗員と思われ、三個飛行隊混成の状況を端的に知れる。

大崗山にいた「紫電」搭乗員の、全員が乗るだけの機数はなかった。伊奈一飛曹ら五〜六名は宮崎基地経由で、兵庫県鳴尾の川西航空機へ「紫電」の受領におもむいた。中袴田哲郎少尉ら十三期予備学生出身の四名も機材受領を命じられたが、内実は転勤要員だった。フィリピンで対戦闘機戦に従事するには、飛行キャリアが足りないためだ。アメーバ赤痢、マラリアなどの罹患により内地へ帰るケースもあった。

整備および兵器整備関係者も、宮崎基地、大崗山飛行場に残留する者がいた。空輸途上の補充機を扱わなくてはならないからだ。三ヵ月後の地上戦の悲惨を味わわなくてすむ幸運に、彼らが気付けようはずはなかった。

比島進出第一戦

戦艦「大和」「武蔵」以下の第一遊撃部隊が、米機動部隊を求めて、フィリピン中部の海域を東進中の十月二十四日の朝。第六基地航空部隊の合計約一八〇機は、東方海面の機動部隊を叩くべくクラーク地区を出動した。

だが零戦の制空隊も、「紫電」と零戦の掩護隊も、艦爆、艦攻隊と会合できず、それぞれがバラバラに進撃せざるを得なかった。天候不良の狭い視界が原因の、まずい事態である。「紫電」三個飛行隊と二二一空・戦闘三〇四飛行隊の零戦からなる、掩護隊は合計五一機。うち「紫電」は二一機前後だった。午前八時三十八分、ルソン島中部・東岸沖のポリロ島から一五〇キロの東方洋上で、Ｆ６Ｆ約五〇機（日本側判断）と交戦に入り、零戦隊は撃墜一一機、損失四機を記録した。

「紫電」隊の戦果は不詳だが、戦闘四〇二の分隊長・横手高明大尉、ベテラン・柴村実飛曹長、戦闘四〇一の中堅・篠原六三郎上飛曹、滝沢万吉、渋谷貞郎両一飛曹の、少なくとも五機の未帰還が判明している。これが「紫電」のフィリピンにおける第一戦だった。

10月24日、「エセックス」に臨時に着艦した第27戦闘飛行隊のグラマンＦ６Ｆ－５。本来の母艦である「プリンストン」は、「彗星」の投弾を受けて遠方洋上で燃えている。

掩護隊と交戦したのは、軽空母「プリンストン」に積まれた第27戦闘飛行隊の所属機。Ｆ６Ｆのパイロットは高度四〇〇〇メートル付近で、掩護隊との大規模空戦を展開し、零戦一七機、「二式戦闘機」と誤認の「紫電」一二機、他機種五機の撃墜を記録している。第27戦闘飛行隊の喪失は未帰還一機だけで、ほかに一名負傷、一機中破の軽度な損害にすぎなかった。

日本側の撃墜戦果一一機以上（「紫電」だけの分は不明）に対し米側の損失は一機、米側の撃墜戦果二九機以上に対し日本側の損失は九機以上。すなわち日本側の完敗で、戦果の膨張率もはるかに大きい。ただし、空戦から一時間後、母艦の「プリンストン」は艦上爆撃機「彗星」一機の急降下爆撃により火災、爆発を起こし、沈没する。

惨敗の比島沖海戦が終わったのちの二十九日、米正規空母四隻からの艦上機群が、早朝から午後までマニラおよびクラーク地区に連続空襲をかけた。第五、第六基地航空部隊（二十五日に両者を合わせて第一連合基地航空部隊を編成）から「紫電」延べ三一機、零戦延べ一〇二機が逐次邀撃し、戦闘七〇一の半田享二上飛曹、平野修一飛曹の「紫電」判明分二機を含み、合計二二機が未帰還。対するF6Fの損失総数は一〇機だった。

十月末日の「紫電」保有二五機のうち、実働は一五機。六割の可動率は、マイナス条件の前線での整備と手荒な使用を考えれば、優秀と言えよう。同等のエンジンを付けた陸軍の四式戦闘機「疾風」が、同日における在比八四機中、可動は五〇機、率が偶然の一致の六割なのはおもしろい。

すり減る「紫電」に補給もあった。故障で乗機をなくし、宮崎基地へ取りに帰った戦闘四〇二飛行隊長の藤田大尉は十月二十五日、右腕と恃む吉田滝雄上飛曹らとともに、残存機をまとめて宮崎を発進し、即日マルコットに到着。同じく乗機（彼の場合、零戦二一型だったが）の不調で宮崎へ帰還の竹村中尉も、十一月に入って列機三機を連れてやってきた。

機材受領で十月三十日に大崗山から宮崎に着いた戦闘四〇一の伊奈上飛曹（十一月一日に進級）は、川西へ出向いて新造機の試飛行にかかった。OKを出して宮崎に空輸し、また受

邀撃戦を終え、ライフジャケットを肩から下げてマルコット飛行場から兵舎へ向かう搭乗員。明日も出撃は続く。

領に行く。ここでマラリアが発病し、一ヵ月の入室（隊内の病室で休む）を余儀なくされた。

輸送船を守る空

十月二十日の米軍のレイテ島上陸により、陸軍は同島を地上戦の決戦場と定め、増援部隊を送りこんだ。レイテ上空の航空優勢の確保と、マニラからレイテ西岸への輸送船団の上空直衛は、陸海両軍が担当し、「紫電」隊にとって主要任務の一つと見なされた。

レイテ北部東岸のタクロバン飛行場は、米航空兵力の橋頭堡と化していた。十月二十八日、「紫電」六機と零戦三七機に掩護（えんご）された一式陸上攻撃機八機が空襲し、地上の約四〇機を破壊。空戦で一〇機の撃墜（F6FかロッキードP－38か不明）を報じたが、零戦六機を失った。

最初の増援兵団を乗せた輸送船団が、レイテ北部西岸のオルモック湾に入る十一月一日、特攻機、雷・爆撃機は東岸沖の艦船を攻撃。零戦隊とともに「紫電」一一機が敵飛行場に銃撃を加え、敵機と空戦に入らずマルコットに帰投している。翌二日には、オルモック泊地での船団の揚陸作業を守るため、午前と午後に一回ずつ、「紫電」と零戦が合計で延べ約四〇機出動した。

10月20日、地上部隊を乗せた最初の揚陸艦群がレイテ島タクロバンの上陸拠点へ殺到する。早くも揚陸をすませて折り返す艦もある。上空監視するのは「アベンジャー」艦上攻撃機。

オルモックへ向かう船団の上空直衛は、時期と状況によって異なるが、一直（「直」は当直の略）あたり一個小隊四機の場合が多かった。基地～担当空域の往復に三時間、高度二〇〇〇メートル前後での直衛が一時間の、合計四時間ほどの飛行を、四〇〇リットル増槽を使って遂行した。「紫電」のみ、あるいは零戦との混成で、十数機が五〇〇〇メートルの高度を飛ぶ場合もあった。

最も警戒するのは敵戦闘機の来襲だ。十一月二日に戦死した戦闘四〇二の杉本進嗣二飛曹は、タクロバンから飛来した米陸軍第7戦闘飛行隊のエース、ロバート・M・デヘイブン中尉に落とされた可能性が高い。オルモッ

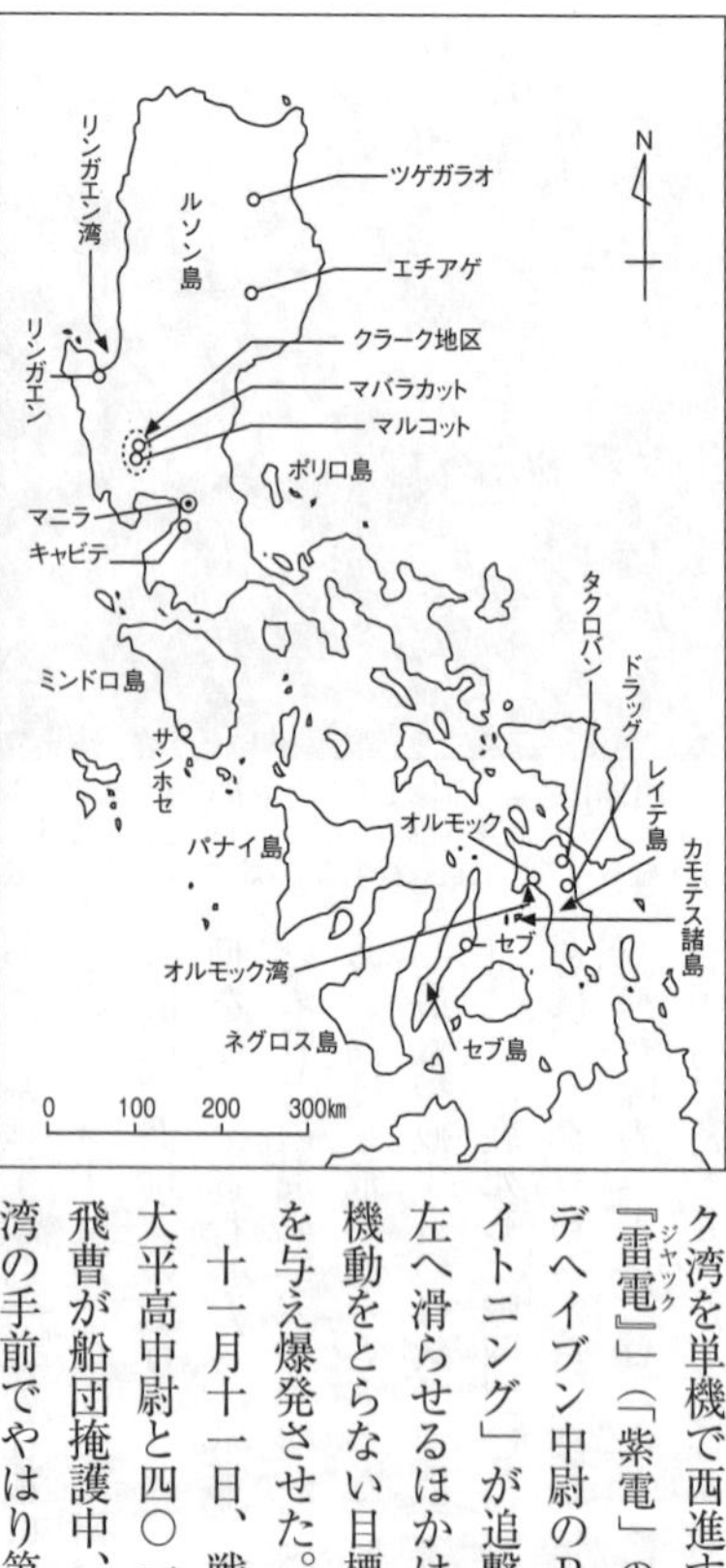

ク湾を単機で西進する「新型機『雷電(ジャック)』」(「紫電」の誤認)を、デヘイブン中尉のP-38L「ライトニング」が追撃。いくらか左へ滑らせるほかはなぜか離脱機動をとらない目標に、命中弾を与え爆発させた。

十一月十一日、戦闘七〇一の大平高中尉と四〇一の正木博上飛曹が船団掩護中、オルモック湾の手前でやはり第7戦闘飛行隊のP-38の攻撃を受け、撃墜されて戦死。

空戦には、さまざまな運が付きものである。船団掩護で三回ほど飛んだ竹村中尉は、一度も敵機に出会わなかった。前とあとの直の機が会敵して、彼のときだけ何事もなし、というケースもあり「〔敵が近寄らない〕竹村中尉は天下無敵だ」と冗談まじりに感心されたほどだ。しかし、その後マラリアを発病。毎日、午後になると四二度の高熱が一時的に出て、げっそり痩(や)せ、飛行作業不能におちいってしまった。

本格的な編隊空戦訓練を受ける機会があまりなかったため、二機・二機の機動も充分とはいかない。したがって、会敵したら単機で向かう態勢が必然、と中尉は思っていた。連携に重宝な無線電話は、地上で聞こえても空中では役に立たず、耳に当てる受聴器がうっとうしいので外すのが常だ。「機銃の口径だけは『紫電』が大きいが、運動性はF6Fの方が上」が彼の評価だった。

十二月十二日、レイテ戦最終期の船団護衛任務を果たしてもどり、マルコット上空で編隊を解いたとき、戦闘四〇一の水上源一中尉機と中西治上飛曹機が衝突、墜落し、二人とも絶命した。作戦行動中の事故だからもちろん戦死である。過労が誤判断をもたらしたのだろうか。水上中尉は同日に戦病／戦傷死とされており、事故後いくらか時間を経たのちの逝去かも知れない。

オルモック行きの前段階、台湾からマニラのキャビテ軍港に入ってくる船団の掩護も、一部が「紫電」に割り振られた。こちらはレイテ戦のころにはまだ、いきなり敵戦闘機が現われる気遣いはなく、危険度は低かった。

レイテで敵が待っている

レイテ東岸部の敵基地や艦船に対する攻撃隊（特攻を含む）の前路掃討および掩護も、多数の敵機と対空火器が待ち受け、大きなリスクが付きまとった。十二月十八日のタクロバン

レイテ島上陸の10月20日、護衛空母「サンティー」から発艦し上空哨戒中のFM－2。同条件下なら零戦五二型を凌駕した。

攻撃では戦闘四〇二の老練、小柄だが豪傑肌の高橋宗三郎少尉が帰らず、二十九日には同じく四〇二の若鷲・花井親治飛長が散っていった。

タクロバン周辺の対空火器が当初は、「紫電」への射撃を躊躇しているように感じた搭乗員がいた。自軍のF6F、FM－2「ワイルドキャット」（グラマンF4Fの改良型。ジェネラル・モーターズ社が転換生産）への誤射を避けるためだったと思われる。

日付は不詳だが、特攻隊の前路掃討でレイテに進攻したとき、戦闘四〇一の青柳一飛曹（十一月一日に進級）は編隊から遅れて飛ぶF4F「ワイルドキャット」を攻撃し、撃墜を果たした。この敵機は護衛空母からのFM－2だろう。

青柳一飛曹は「零戦よりF4Fが上。『紫電』はF4Fと同等で、F6Fには敵わない」と感じていた。彼にはF4F（－4型まで）と戦った経験はない。「紫電」に辛い評価だが、出力強化・高性能版のFM－2との比較と見なせば、うなずける判断だ。

戦闘四〇一・青柳茂一飛曹

「数の差を除けば、F6Fとはまああやれる」と考えたのは小野上飛曹（十一月一日に進級）。六月に硫黄島の空域でF6Fとの混戦を切り抜けていたので「自信はなくとも恐くはない」気持ちがあった。フィリピンでは一意専心の巴戦など論外。強力な敵機群とのあっという間の交戦、目で追うゆとりもない対F6F戦に身を投じた。

彼の同期生のあいだでは「グラマン（F6F）よりP－38がいやだ」と言う意見が多かった。追えば逃げられ、逃げれば追いつかれるからだ。

「『紫電』でF6Fと戦える」との岡田飛長の観念は、持ち前の負けん気から生じたもの。敵がやや優速で、一二・七ミリ機銃の命中率が良好と聞いており「警戒しなくては。しかしP－38はさらに要注意」が本音だった。

二年前に南東方面に出てきたころのP－38はF型およびG型。これらにくらべ、「紫電」と戦ったJ型、L型は、性能でも戦闘法でも大きく向上していた。一撃離脱に徹した高速性能はもとより、運動性も意外に優れた相手を、難敵視して当然の状況だったのだ。

数も質も不利な苦境下で、搭乗員たちは闘志をふりしぼって戦った。だが率先垂範すべき幹部のなかに例外が生じた。その士官は出撃後まもなく、不調、故障

P－38JまたはLの編隊飛行。大戦に実戦に出た双発戦闘機の最高位にランクされる。米陸軍の用法も理にかなっていた。

と称して帰還をくり返した。

南に隣接の飛行場に降りて「油もれと振動」と彼が報告したのを、藤田大尉の信頼あつい戦闘四〇二の吉田飛曹長（十一月一日に進級）がチェックに出向き、問題なしと伝えてきた。別の出動のさいには短時間でマルコットにもどったため、誰もが腕と人格を見上げる松場少尉がさすがに憤り、司令・舟木忠夫中佐の前で「あの飛行機にさわらないように。私が乗って出ます」と言い放つひと幕もあった。

どんな組織にも例外は生まれる。飛行隊のナンバー・ツーの立場にありながら、生来の弱気を打ち消せなかったのだ。その特質を笑う権利は、同時期に果敢に闘い続けた三四一空の搭乗員だけが持つのではないか。彼は人知れずマルコットから姿を消した。

ふたたびの出馬へ

先任飛行隊長の立場で空中指揮をとってきた白根少佐が、十一月二十四日にレイテ周辺空域で戦死した。任務については、この出撃の生存者から「攻撃隊のための制空（間接掩護）」「オルモック湾の船団掩護」の二通りの証言があり、フィリピンで作戦中の同期生の証言および同期生誌には「魚雷艇攻撃」と記されている。「制空」の可能性が大だろう。

出動は午後一時ごろ。二時間ほどのち、オルモック湾に入るあたりで戦闘七〇一技倆最右翼の松場少尉は、「紫電」より一〇〇〇メートル優位の高度六〇〇〇メートルからP－38八機が、二手に分かれて襲ってくるのを認めた。「紫電」も二個小隊の八機前後だったようだ。

高空性能に秀でたP－38と、この高度で戦う不利を知る松場少尉は、三〇〇〇メートルまで降下し、たくみな機動で後方に占位。一〇〇メートル以内に迫って射弾を浴びせると、発火に続いて落下傘が出た。追随する列機三機を率いて西のネグロス島の陸軍飛行場に降り、燃料を入れてもらった。

戦闘七〇一・松場秋夫少尉

松場小隊は無事にマルコットに帰ってきた。「白根少佐はセブ島の海軍基地に降りたのか」と少尉が案じていると、少佐の列機が帰投し、P－38にやられた旨を報告した。未帰還は少佐と戦闘七〇一の小池貞夫上飛曹だった。

この日の「紫電」隊が戦ったP－38は、レイテ東岸のドラッグから発進した第433戦闘飛行隊の所属機である。オルモック湾の入り口にあるカモテス諸島の上空で、「紫電」を誤認の「雷電」四機撃墜を記録している。

白根少佐の戦死を聞いたとき、岩下大尉は横空付で療養中だった。自身の虫垂炎手術のために、後任の戦闘七〇一飛行隊長の辞令を受けた少佐の戦死は、自分の身代わりのように思えた。横空の飛行隊長に「どうしても比島へ行きます」と強い意志を述べ、海軍省人事局へおもむいて直談判（じかだんぱん）に及んだ。

白根少佐はもし七〇一隊長にならなくても、戦闘四〇一飛行隊長かつ「紫電」隊の最先任士官操縦員として、同じかたちで斃（たお）れる運命をたどったであろうが。

岩下大尉の思いが通じて、戦闘四〇一の飛行隊長に補任された。白根少佐が七〇一へ移り、後任の飛行隊長に任じられた浅川正明大尉は、台湾での十月十二日の空戦で火傷を負ったのち隊から離れたため、空席になっていたのだ。七〇一の飛行隊長は不在のままだが、三個飛行隊混成で作戦するから、戦闘四〇二の藤田大尉と四〇一の岩下大尉がいれば問題なかった。

十二月上旬、岩下大尉は機材補充を兼ねた列機を率い、宮崎基地を八機ほどで出発。沖縄・小禄、大崗山経由でマルコットに到着した。かつて訓練をともにした戦闘七〇一付の隊員たちの歓迎ぶりは、ひときわだった。

十一月一日の時点で戦闘七〇一は連合艦隊直属の七六二空の指揮下にあったが、十二月一日までに三四一空に転入した。「紫電」三個飛行隊は名実ともに一本化されたわけである。

十二月五日の時点で、フィリピンの「紫電」の保有数は三九機。この戦線にあった海軍全機種のうち、意外にも零戦につぐ二番目の多さで、岩下大尉がもたらした機を含んだ数のようだ。可動は半分の一九機だが、これまた二番目の機数なのだから、海軍航空兵力の衰退ぶりを知れよう。

彼我の縮図が描かれた

敵艦上機群は十月二十九日ののちも、何日か置いて、ときには連日、マニラおよびクラーク地区に来襲。「紫電」隊はそのつど、乏しい機数で迎え撃った。

十一月六日午前、空母「レキシントン」搭載の第19戦闘飛行隊のF6Fが、クラーク上空に侵入してきた。エルビン・L・リンゼイ大尉が指揮する七機編隊のF6F-5は、零戦や一式戦闘機「隼（はやぶさ）」、三式戦闘機「飛燕（ひえん）」を撃墜し、楽勝で気をゆるめたとき、長機が「紫電」編隊に捕捉された。リンゼイ大尉は機をすべらせて二〇ミリ弾をきわどく避け、編隊全機で上昇反転。列機二機が「紫電」の長機を攻撃し、機首から発火させた。搭乗員は脱出したが高度が低すぎ、落下傘が開かないうちに樹木に突っこんだという。この「紫電」搭

戦闘七〇一ついで四〇一飛行隊長・岩下邦雄大尉

乗員が誰かは判然としない。

リンゼイ大尉らは相手を「新型戦闘機。『ジョージ』か?」と報告した。米海軍戦闘機隊が撃墜機を「紫電(ジョージ)」と正しく認識した、最初の例だろう。

大挙して艦上機が押し寄せた十三日には、戦闘七〇一の竹林正治中尉、四〇一の松本孝中尉、四〇二の松野下貢二飛曹と増島武男飛長の四機が、Ｆ６Ｆとの戦いから帰らなかった。

無論やられてばかりではない。十一〜十二月のある日、偵察に飛来したＦ６Ｆ三機を、舟木司令から「上がって、落とせ」と命じられた松場少尉は、敵をやりすごして、三機を連れて離陸。高度五〇〇メートルの低空で空戦に入り、一機のパイロットに命中弾を与えて河原に激突、炎上させた。

手を叩いて喜んだ地上の隊員たちの、表情が変わった。新手(あらて)のＦ６Ｆ大編隊が現われ、高度を利して急速に間合を詰めてきた。「紫電」一機がつかまって撃墜されたが、松場機は十数発を食いながらも離脱でき、残る二機も被弾状態で帰投している。

また十二月某日(十一日か)、船団掩護から夕焼けのマルコットに帰り、着陸にかかったときＦ６Ｆ(-５Ｎ夜間戦闘機?)が襲撃。似た形の両機の識別が困難な天候のもと、「紫電」一機が味方の対空射撃を受け撃墜されてしまった。

三四一空が邀撃する米陸軍機は十二月中旬まで、パラオ諸島アンガウル島から散発的に飛んでくるＢ-24「リベレイター」に限られていた。この難攻の四発重爆に対する凱歌(がいか)が中旬

（十七日ごろ？）に上がった。

ポリロ島の見張所とクラーク地区のポーラックの電波探信儀（レーダー）から入る来襲情報で、九九式三番三号爆弾を二発ずつ付けた「紫電」二個小隊・八機が離陸する。指揮官は戦闘四〇一飛行隊長・岩下大尉。第二小隊の岡田飛長には三号爆弾の経験がなく、発進の前に用法、効果の説明を聞かされた。

高度四〇〇〇〜五〇〇〇メートルに占位した「紫電」隊は、八〇〇〜一〇〇〇メートル下方のB－24編隊に反航で接敵する。なにより爆弾を放つタイミングが難しい。岩下大尉の投下に続き、無線電話で「テーッ」の合図を聞いた列機も投下レバーを引いて離脱した。絶妙の投弾で空対空爆撃はまれな成功を収め、傘状に飛散した小型弾（一発八五グラム）を受けた、重爆三機の巨体が落下するさまが、地上から望見された。

米地上軍がレイテに続いて上陸したミンドロ島（後述）で、飛行場を確保し、レイテからP－38、P－47「サンダーボルト」が進出すると、B－24はもとより、双発のB－25「ミッチェル」、A－20「ハボック」が護衛付きで来襲した。

十二月二十二日の午前九時ごろ、クラーク地区を二三機のB－24が爆撃。第8戦闘航空群のP－38約二〇機（日本側判断）に、待ち受けた「紫電」、零戦が優位から対抗する。戦闘四〇一分隊長の山口秀三大尉機はP－38単機を追って射距離を詰めたが、ターボ過給を利かせた敵に引き離されたのち、逆に数機に食いつかれ、振り切れないまま撃墜された。

一方、五分間だけ使える赤ブーストの緊急出力で、低空のP－38を捕らえた四〇一の平川英雄上飛曹は、撃墜を果たした。しかし、これで武運がつきたのか、翌二十三日の邀撃戦に散っていく。

二十五日にもB－24を掩護して、第49戦闘航空群と第475戦闘航空群のP－38Lが、四〇〇〇メートルあたりの高度域に姿を見せた。どちらもニューギニアから戦い上がってきた歴戦部隊だ。味方高射砲の射撃音と彼我の爆音が天を震わせる。

戦闘四〇一・鶴見与四郎上飛曹

「紫電」一機対P－38四機の反航戦が、一回、二回とくり返されている。単機で劣位をよく挽回し、攻撃に転じた鶴見与四郎上飛曹だが、まもなく敵編隊の銃撃を身体に受けたのか、一〇〇〇メートル上空からマルコット基地兵舎の至近に墜落し、戦死した。地上で手に汗をにぎっていた伊奈上飛曹の目には、元気者の同期生が散華（さんげ）する一部始終が焼き付いた。

数が少なくて連係維持が困難な「紫電」の対戦闘機戦は、たいてい単機対編隊の不利におちいらざるを得なかった。

必死戦法、避けられず

さかのぼった十月二十五日。一航艦が初めての特攻攻撃を決行させ、護衛空母を撃沈破したのにくらべ、この日の二航艦の通常攻撃による結果は損失のみ多かった。敵機動部隊の捕捉撃滅は急務であり、二航艦長官は特攻戦法を採らざるを得ず、麾下の各部隊に特攻隊員の選出を命じた。

これで両航空艦隊の足なみがそろい、作戦指揮の一本化に支障がなくなったため、同日付で合体し、第一連合基地航空部隊の編成に至った。必死戦法恒常化の道が定まったのだ。

二航艦の一隊である三四一空にも、その波は押し寄せた。司令・舟木中佐、飛行長・園田少佐は、艦隊司令部からの命令に従うしかない。戦闘四〇二飛行隊長の藤田大尉は、特攻戦法に強く反対をくり返した。しかし拒否をつらぬき通すのは不可能で、搭乗員のトップたる先任隊長の立場から、伝達指示の苦しい役目を負った。

十一月上旬、マルコット飛行場の西側にある村落内の宿舎にいた搭乗員は夜になって、司令らが待つ本部宿舎に集められた。「二航艦司令部から特攻の応援要請があった」。口調に辛さがにじんでいた。藤田大尉は言った。「決して強制しない。行ってくれる者、一歩前へ出てくれ」

三四一空の搭乗員たちは、爆装で敵艦船に体当たりする特攻攻撃を耳にしていた。全員がぞろぞろと前に出た。こんなときに、抗って動かないでいるのは不可能である。「全員が行ったら隊がなくなってしまう。こちら（部隊幹部側）から指名させてもらう」と大尉は述べた。一〇名を選ぶ予定が立てられていた。

特攻に志願するか否かは、「熱望」「希望」「希望せず」を紙片に書いて提出する方式を用いたともいわれる。〝一歩前〟式の意思表示では漠然としているため、改めて表記法を採ったのではなかろうか。

戦闘四〇一の小野上飛曹は「あれは一航艦の零戦隊の作戦で、二航艦の『紫電』隊は別」と聞かされ、自身もそう思っていたので、予想外の特攻募集だった。激戦苦闘のなかで、毎日のように搭乗員は戦死していく。遺体も見なれてしまい、感覚が鈍磨して死に方について考えなくなっていた。考えたらやっていけないのだ。「紫電」が掩護する艦爆の爆弾が、敵艦に当たらない。それなら特攻しか手段がないか、という気持ちがあった。

敵機を落とすべく訓練してきた戦闘機乗りにとって、空戦で被弾、戦死するのは自分が及ばなかったと諦めがつくが、爆弾を抱え艦船に突入して散るのは本意ではない。戦闘四〇二の岡田飛長が抱いたこの考えは、三四一空搭乗員の多くに共通だったと推測する。着任早々の戦闘四〇一飛行隊長・岩下大尉も、特攻に選出された部下から「やむを得ませんが、せめて戦闘機と刺し違えたかった」と内心を聞かされた。

「希望」と書いた紙片を提出し、指名を受けた一人が戦闘四〇二の若松飛長。それまでの訓練で空戦にある程度の自信を抱いていた。「どうせ生きては帰らない」という意識だったので、爆装突入を定められても、格別のショックを覚えなかった。

三四一空の場合、隊員たちの前で特攻要員の名が読み上げられる儀式はなく、幹部から個々に伝えられた。まもなく彼らは、他の隊員たちが気付かないうちに、マルコットを去っていく。行く先は七キロほど北にあるマバラカット西飛行場。特攻攻撃の主役たる二〇一（ふたまるいち）空の基地である。

第三神風第五桜井隊長
矢野徹郎中尉

第七金剛隊
佐藤国一上飛曹

特攻隊員に選出された者は、乗用車でマバラカットに着くと、二〇一空の零戦特攻の主力・戦闘第三一六飛行隊に編入された。若松飛長は特攻隊の命名を受け、二飛曹への特別進級を知らされたが、出撃の機会を得ないままフィリピン戦線の崩壊を迎える。

特攻戦死と直掩戦死

三四一空から出た特攻隊員で最初の戦死は、十二月六日にレイテ島南方のスリガオ海峡空域で突入した、第三神風特別攻撃隊・第一桜井隊の鹿野政信二飛曹（元戦闘四〇一）だったと思われる。

翌七日には矢野徹郎中尉（元四〇二）と尾谷保上飛曹（元四〇一）が、第三神風特攻・第五桜井隊の隊長と隊員として、レイテ・オルモック湾および西

第431戦闘飛行隊長のトーマス・マクガイア少佐乗機P－38L「ライトニング」。

第三神風時宗隊の直掩原武貞巳飛長

方のカモテス海域で散華した。また十五日は、佐藤国一上飛曹（元四〇二）を含む神風特攻・第七金剛隊が、ミンドロ島攻略部隊の艦船（後述）攻撃に向かい、第348戦闘航空群のP－47Dの妨害をくぐった機が体当たり攻撃をかけている。

彼らはいずれも二〇一空・戦闘三一六飛行隊に転勤し、マバラカットで命名式を終えたのち、レイテの西のセブ島セブ基地に移動して、死地へ飛び立った。乗機は二五〇キロ爆弾装着の零戦である。

特攻機を守る直接掩護(えんご)の役目を、三四一空も請け負った。直掩任務で戦死した場合、特攻機と同等に扱われる、との噂(うわさ)は事実だった。

十一月十二日に直掩で出た戦闘四〇二の達川猪和(いわ)夫(お)中尉と原武貞巳飛長は、タクロバン沖（レイテ湾）で戦死し、掩護対象の第三神風特攻・時宗隊に含まれている。セブを経由したとすれば、同島北部上空でトーマス・B・マクガイア少佐ら第431戦闘飛行隊のP－38Lと戦った「雷電」(誤認)が、該当する可能性がある。
マニラ東方のラモン湾に機動部隊が来攻した二十五日、第三神風・吉野隊を直掩する戦闘四〇一の河内山精治上飛曹と、第五神風・疾風隊を直掩する戦闘七〇一の北野行雄上飛曹、戦闘四〇二の出羽福三飛長が帰らず、それぞれの特攻隊に含まれて布告された。

辻谷敏男上飛曹は第三神風第七桜井隊の直掩を担当。

十二月七日、カモテス海域で散華した第三神風・第七桜井隊は六機。半数の三機は直掩機で、戦闘四〇一の高井利次、辻谷敏男、村上卓各上飛曹の同期トリオの「紫電」が、待ち受ける第431戦闘飛行隊のP－38に撃墜されたのはほぼ確実だ。

戦闘四〇二の吉次(よしつぐ)三木雄飛曹長が指揮する直掩の「紫電」四機が、レイテへ向かったときの高度は四〇〇〇メートルほど。一五〇〇～二〇〇〇メートル下方を飛ぶ特攻機に対し、前上方に占位する。敵機との交戦のためにはもっと高度を取りたいが、それでは特攻機から離れすぎてしまう。「食うか食われるか」の心境で、列機の岡田飛長は進撃した。
敵機を見た吉次飛曹長が急旋回をうった。四機編隊など維持できず二機・二機に分離し、二番機の岡田飛長は上昇反転にかかる長機を追う。しかし連続する急機動に追随するのは困難なうえ、後方から翼上を抜ける曳跟弾を見ては、かわさずにはいられない。反射的に機を横すべりさせると、前方をグラマンの黒い機影が横切った。これに一撃を放ったが、効果など判定不能だ。ましてや特攻機の突入を見届けるのは不可能だった。以後は単機のままの飛長が、さらに別機の攻撃を振り切って帰投したのは、まさしく敢闘と言えるだろう。

ラバウル攻防の終盤戦で撃墜と被墜の両方を経験した、戦闘七〇一の塩野三平上飛曹は、レイテ湾への直掩に三回出て、特攻機の最期を確認できたのは一回だけ（体当たり成功）だった。敵機の邀撃が激しくて、やはり視認しきれないのだ。特攻機との同行は辛く、自分が特攻にまわった方が、いっそ気持ちが楽と感じられた。

塩野上飛曹が特攻機直掩から帰り、高度八〇〇メートルでマルコット付近に至ったとき、ほぼ同高度を反対方向から来る二機を見つけた。Ｆ６Ｆと分かったが、向こうは「紫電」とは気付かないようす。上飛曹は味方のふりのバンクをうち、すれ違いざま急旋回、一機を屠って離脱した。

休みない出動に加えての特攻隊員選出で、ともすれば表われかねない下士官兵搭乗員の内心の溝を、藤田大尉の人柄が埋めた。

十九年の大晦日の晩、藤田大尉は一升ビンを下げて、戦闘四〇二分隊長の光本卓雄大尉とともに、年忘れの酒盛り中の下士官搭乗員宿舎にやってきた。士官と下士官兵のあいだに身分差の太線を引く海軍では、あまり見られない行動だ。「うわーっ隊長が来た!」と歓声が上がる。みな藤田大尉の十八番を知っていて「旅の夜風」(映画「愛染かつら」の主題歌)を合唱し、大尉は達者な踊りを披露した。小柄で豪胆な光本大尉も「てるてる坊主」の替え歌を歌い、これまた喝采を浴びた。

迫りくる戦場

十二月十五日未明、米軍はルソン島攻略の布石として、南に隣接するミンドロ島の南西岸、サンホセ付近に上陸を開始。クラークおよびマニラ地区は十四、十五の両日、艦上機群の空襲を受けた。

十五日黎明の午前六時四十分、マバラカットから神風特攻・第九金剛隊の「彗星」一機および爆装零戦一二機が離陸した。前後してマルコットを出動の「紫電」は一二機。この時期の三四一空にとって最大規模の作戦飛行である。同期生のレイテ特攻戦死などから、指揮官の岩下大尉は「もう内地帰還はない」と覚悟を決めていた。

特攻機の高度は六〇〇〇メートル。五〇〇〇メートル上空を「紫電」編隊がカバーする。快晴の空を南下し、サンホセのすぐ南、マンガリン湾のあたりにおびただしい数の攻略部隊の揚陸艦を認めた。上空を白いP-38(無塗装の第7戦闘飛行隊の所属機)が警戒飛行中だ。いきなり炸裂し始めた対空砲火を突いて、次々に緩降下していく特攻機。タイミングよく奇襲のかたちをとれて、敵機の邀撃は遅れ、第九金剛隊の戦果は輸送船三隻撃沈、ほかに四隻炎上と報じられた。

岩下大尉は散開した「紫電」を集め、燃料残量の少なさゆえ余計な空戦を避けるべく、敵機に見つからないよう低空を帰途につく。一機が不時着しただけで、直掩隊は任務を全うした。

別の日（十二月十八日か）、戦闘四〇二の吉田飛曹長が長機、戦闘四〇一の同期トリオの小野、宮本芳一、増田富男各上飛曹が列機を務める一個小隊が、「彗星」四機を掩護して揚陸艦隊攻撃に向かった。ミンドロ島のすぐ南の海域で、目標を発見。縦横八隻×八隻、計六四隻が、碁盤上に置かれたように整然と隊形を組み、周囲を駆逐艦が警護する。上空を二〇機ほどのP－38（十八日なら第433戦闘飛行隊の所属機）が縦列で回っているのが、蛇のように見えた。

「紫電」は高度三〇〇〇メートルから四〇〇〇メートルへと上昇。二五〇〇メートルから急降下に入った「彗星」の爆弾は、命中したようすがなかった。「ここから突入したらP－38の二〜三機は食えるかも」。小野上飛曹は一瞬考えたが、高度差がありすぎて射距離に入る前に逆襲される、と思い直した。すぐに吉田飛曹長が、手先信号で空域離脱を示す。

「彗星」とは別動で帰る途中、二番機の小野機のスピナーから漏れ出た潤滑油が風防の右側にかかり、右前方を飛ぶ長機が見えにくくなった。吉田飛曹長が三番機と位置のチェンジの指示を出す。その後、エンジン不調の四番機・増田上飛曹がバタンガス（ルソン島のミンドロ対岸部）に不時着したが、友軍に助けられ、一週間後にマルコットに帰ってきた。

搭乗員の疲弊に加え、機材も未帰還や故障ですり減る一方だった。十二月十七日の時点でクラーク地区の第一連合基地航空部隊の合計可動数はたった二八機。そのうち「紫電」は、あいつぐ出動で不調、不具合が続発し、同日の出動可能は四機にすぎなかった。燃料、弾薬については、それなりに備蓄がなされていた。

この「紫電」一一甲型は故障でクラーク地区に放置された。翼下の20ミリ機銃はポッドごと取れているが、破損部は少ない。

マルコットでの搭乗員の主食はパサパサの外米で、現地調達のニワトリや菜っ葉などの粗末な副食。それでも量は一応維持されていた。ドラム缶風呂に入る機会はめったになく、近くの川で水浴するが、マラリア蚊に刺されて発病する恐れが多分にあった。

そんななかでの朗報は補充機の到着だ。川西・鳴尾工場で試飛行を終え領収した新造の「紫電」一一機を、宮崎〜沖縄〜台中経由で、戦闘四〇一の岡元飛曹長、伊奈上飛曹、鶴見上飛曹（二十五日に戦死）らが、十二月二十一日の夕刻にマルコットにもたらした。この虎の子の機も、年内の

20年1月、千葉県木更津基地にならんだ三四一空の「紫電」一一甲型。フィリピン空輸が不可能なので、谷田部空、筑波空などへ配備されるのだろう。

交戦、空襲、事故などにより、次々に失われていく。

数日後、戦闘七〇一の松場少尉の指揮で十数名が、輸送機に便乗し鳴尾への途についた。

新着機が黒煙に沈む

昭和二十年の元旦、B－24などの来襲情報を受けた宮崎基地で、三四一空の搭乗員たちは落下傘バッグを付けて、出動待機状態ですごした。夜になって、乏しい材料でも主計科心づくしの正月の料理に、舌鼓（したつづみ）を打った。

鳴尾で受領機の整備と調整を終えた松場少尉は元日、宮崎基地の幹部の引き止めを「縁起のいい日だから」と振りきり、早朝に宮崎神宮に初詣ののち帰還を急いだ。沖縄、台湾をへて二日にマルコットに到着。この一三機が最後の機材補給だった。

一月三日もB－24の来襲情報が入り、前日に到着した一三機と生き残りの可動二機（新旧合計で一三機ともいう）が、あちこちの簡素な掩体（えんたい）から引き出され、早朝に列線を敷いた。すぐに発進するはずが、追加小隊の長を決めるのに手間取って、エンジンを回したまま時間がすぎていく。

そのとき、西の空に現われた二機のP－47Dがみるみる降下接近してきた。機上で発進を待っていた岡元飛曹長は、いち早く敵影を認めるやスイッチを切って跳び降りた。P－47は「紫電」の列線をねらって迫り、合計一六梃の一二・七ミリ機銃で舐めるように射弾を浴びせる。敵ながら勇敢にも反転し、対空機銃に撃墜されるまで銃撃を続けた。

直前に搭乗を制止された小野上飛曹の網膜に、航過する敵機の黄色いカウリングが焼き付いた。搭乗員の過半は脱出できたが、燃料、弾薬満載で並んでいた「紫電」は、全機が炎上、炸裂、大破し、空輪の努力が水泡に帰した。

戦闘四〇一の中辻安夫二飛曹はスイッチを切り、操縦席から出たとき、頭部に一弾を受けて即死。先任下士官・満岡三郎上飛曹は機上で片手と右大腿部を負傷し、山田孜二飛曹が付き添って、バンバン（マルコットの一五キロ北）の病院で右足切断の手術を受けたが絶命した。地上員も整備の小池篤夫少尉ら数名が戦死した。

この日のクラーク地区は、P－47の対地攻撃が激しかった。マルコットを襲った二機は、小野兵曹が見たとおり、黄の機首が部隊表示の第310戦闘飛行隊の所属機で、二機とも地上火器に落とされたが、パイロット一名は機外へ脱出、生還している。米側は戦果を、せいぜい三～四機の破壊と、過小に判定したらしい。

大損害をこうむった三四一空の落胆は大きかった。しかし事態はさらに急変する。

ミンドロ島を確保した米軍の次の一手は、マニラ奪還とルソン島攻略だ。護衛空母群に守られた上陸部隊が、レイテ湾を発したのは一月二日から。ミンダナオ海を西進してスールー海に抜け、連日続々とフィリピン西方海域を北上した。

喉元に迫る大艦船部隊に対し、邀撃機と戦えて零戦よりも速い「紫電」による、目視偵察が三四一空に命じられた。まだ使用可能な「紫電」が七機はあり、三日ごろから単機ずつの偵察行が始まった。

肚が据わった光本大尉はこの種の任務にも適役で、空母部隊の発見を複数回報じた。ほかにも敵艦船を偵察、視認した者が、藤田大尉をはじめ何人かいる。

一月五日に基地北西海域へ放たれた三機は、西寄りから吉田飛曹長、小野上飛曹、戦闘四〇二の小林丈二中尉機。それぞれが単機で三線の扇形索敵にかかった。

高度六〇〇〇メートル。北へ向かう多数の艦船と四〇機ほどのグラマン（FM－2か）を遠方に確認した小野上飛曹は、敵のコース「針路0」を電信で送り、緩降下で速度を上げて、十数分後にマルコット上空に帰還した。吉田機も無事に帰ったけれども、小林機は被弾してリンガエンに不時着し、顔面に裂傷を負った姿で自動車に乗せられてもどってきた。

翌六日の朝、戦闘四〇二の田中好雄二飛曹が単機で偵察に出たところ、揚陸艦隊を見つけたが、針路は正反対の一八〇度に変わっていた。リンガエン湾へ入るため、南に回頭したのである。田中機も敵機に追われ、弾痕を残して帰投した。

去る者、残る者

米軍のクラーク、マニラへの進攻はいまや明白だ。海軍航空部隊は山中の陣地に立てこもり、クラーク地区での交戦を持続する方針だった。一月六日になされた防衛部隊の編成で、三四一空司令の舟木中佐は第十七戦区隊指揮官として、他部隊を含めた一五〇〇名をひきいてマルコット西方の山に入るよう定められた。

これが一転した。クラーク地区北端のバンバンにある第一連合基地航空部隊司令部では、クラーク地区搭乗員のルソン北部から台湾、内地への移動命令を決定。各飛行場から呼び集められた航空隊司令に通達されたのは、七日の夜である。

八日未明、防空壕を兼ねた横穴宿舎で就寝中のところを起こされた岩下大尉、松場少尉は、「紫電」でツゲガラオへ下がっての作戦継続を、司令から命じられた。先任飛行隊長の藤田大尉がその役を担うべき、と岩下大尉は主張したが、藤田大尉に「若い君が〔ツゲガラオへ〕行け」と押し切られた。クラーク地区残留は陸戦での戦死に直結するのだ。

整備員の努力で五機（四機？）が可動状態に修理されていた。まだ夜明け前の無灯火の飛行場を岩下大尉らは離陸し、北北東へ三〇〇キロあまりのツゲガラオ飛行場に降着。松場少尉の機は飛行中、主脚が入らないままだった。

この日の早朝、破損機からはずした二〇ミリ機銃に三脚を付けて陸戦用にしたものを、三四一空の隊員たちが特攻機「桜花」用のリヤカー式の運搬台に積んで、戦区の山へ運び始めた。そのとき「搭乗員総員集合！」の号令がかけられた。

搭乗員たちの前途は、暗から明へと一変した。集合した面々に、舟木司令は「諸氏は一日も早く内地に帰り再編成して、またこの地に帰ってきてくれ。それまで司令は死守しているぞ」と訓辞した。「鬼の舟木」と呼ばれた中佐のサングラスから涙が流れた。

藤田大尉以下の搭乗員は隊のトラックで、バンバン飛行場に到着。すでに二〇一空、一五三空、七六一空など各部隊が集まっていて、三四一空が最後だった。すぐに一航艦長官・大西瀧治郎中将から訓辞を与えられ、割り振られたトラックに乗りこんだ。到着が遅かった三四一空のは、ボンネットがなくエンジンむき出しの車で、四〇人余が荷台に鈴なり。助手席には藤田、光本両大尉が座った。

マラリアで憔悴(しょうすい)した戦闘四〇二の竹村中尉、マラリアと皮膚病の疥癬(かいせん)を患(わずら)った岡田飛長も、バンバンまで来てトラックに乗れたのが、生命を長らえた主因と言えよう。

一〇台前後のトラック隊は途中、空襲やゲリラの襲撃に遭いながらも、十日に当初の目的地であるエチアゲに着いた。十三日の夕方、待ち望んだ一式陸攻が台湾から飛来したが、短いうえにぬかるんだ滑走路に脚を取られて壊れ、飛行不能の状態に。

狭い飛行場に見切りをつけて十五日の夜、雨中をトラックおよび徒歩で、一〇〇キロ北のツゲガラオへ向かう。泥濘の道、橋がない河谷に阻まれながら、十七日の朝になって目的地に到り着いた。

一〇日前に「紫電」で先着した岩下大尉らは、リンガエン湾方面への強行偵察を敢行していた。皆が到着したとき「紫電」はまだ健在で、非使用時は椰子林に隠していたが、P-38の銃撃を受け、一機を残して燃やされてしまった。

ツゲガラオはクラーク地区やマニラに比べ平穏で、物資もそれなりにあった。藤田大尉は大西中将に現状報告と人員の空輸促進を訴えるため、「彗星」の後席に便乗して台湾へ先発。二十日以降、零式輸送機、陸攻が逐次ツゲガラオに飛んできて、三四一空を含む各部隊合計三五〇〜四〇〇名の搭乗員を台湾へ運んだ。

残留した岩下大尉は、一月末にダグラスで台湾・台南へ。残った「紫電」で台湾へ帰るよう藤田大尉から言われていた小野上飛曹だが、東方海岸への索敵命令が出た。始動に手こずるうちに空襲を受け、被爆炎上して、三四一空の「紫電」の戦いに終止符が打たれた。上飛曹も一月末ごろ一式陸攻に乗せてもらい、台南基地に降り立った。

内地に帰った三四一空の搭乗員は、あらたに編成された二代目の三四三空の、戦闘三〇一、四〇一、四〇二、四〇七、七〇一各飛行隊で飛行作業を再開する。だが、三四一空は飛行機ゼロの陸戦部隊として、クラーク地区西方の山中に存在していた。もともとは搭乗員の舟木司令と園田飛行長を除けば、彼らのほとんどは整備員、兵器員、要務士など地上員である。

右：戦闘四〇一の小林清上飛曹は台湾へ脱出できず、4月24日にクラークの山中で戦死と認められた。左：小林上飛曹と同日、同所で戦死と認定された戦闘四〇二の吉田信吉飛長。

そのなかに、戦闘四〇一の小林清上飛曹、山村博敏上飛曹、戦闘四〇二の中川育郎飛長、吉田信吉飛長、四〇一から特攻要員として二〇一空へ転勤した島田政上飛曹ら、少数の搭乗員がいた。病気や負傷、不在などの理由で、バンバン移動のさいに加われなかったのだろう。

一月九日にリンガエンに上陸を開始した米軍は、下旬にクラーク地区を奪取。小火器すら満足にない第十七戦区の三四一空は、二月から複郭陣地とは名ばかりの山中で一方的に押され、損害を増していった。

食料は底をつき、組織も次第に崩壊が進んで、四月には司令部も分離。六月下旬から、舟木司令と園田飛行長の存在位置は不明に変わった。二人とも七月十日付の戦死とされているが、日付の根拠はないはずだ。搭乗員は全員が四月二十四日の戦死日付で、これまた便宜上の措置である。三四一空は名のみの組織と化しながら、敗戦の日まで海軍航空部隊の編成表に存在した。

かつての別称である獅部隊。三ヵ月間の戦場で、その名のごとく獅子吼し、米軍を震え上がらせたのか。

よく戦ったが時期遅く、否であったと答えざるを得ないだろう。

「J改(ジェイかい)」指揮官の個性
——傑出した三人の足跡を見る

大戦末期の海軍防空戦力の切り札と呼びうる、再編すなわち二代目の第三四三(さんよんさん)航空隊は、指揮下の三個飛行隊が使った局地戦闘機「紫電改」とともに、いまや伝説と化した感がある。三〇年あまりのあいだに取材した三四三空関係者は、搭乗員と地上員を合わせて約四〇名(一時的に所属した艦上偵察機「彩雲」装備の偵察第四飛行隊員を含まず)。決して多くはないが、さりとて無視するような人数ではない。

回想をうかがうつど、三個飛行隊の初代隊長に関する思い出をたずねた。異なる人格を備えた高名な三人の隊長は、それぞれ部下から強く慕われていて、そのあたりの個人的な感情を知りたかったのだ。

部下たちの視野の中の隊長像は、彼らの回想手記、あるいは第三者による記事のかたちで、いくつかの出版物に掲載されてきた。そうした記録とは別に、著者が直接に取材して得た言葉をもとに、隊長たちの人となりと行動をあらためて書きつづる意義は、少なからずあると考える。

〔天誅組隊長・林喜重大尉〕

決戦用兵力と見なされた第一航空艦隊に所属する新鋭・第六十二航空戦隊。ここに配された部隊の一つが、昭和十九年（一九四四年）三月に新編の第三六一航空隊だ。三六一空は、状況に応じて航空隊に飛行隊を適宜付属させる特設飛行隊制度を採り入れ、戦闘第四〇七飛行隊が指揮下に入れられた。その飛行隊長が林大尉である。

当初装備が予定された「紫電」に代わる、新機材の零戦五二型のエンジン不調が目立ってからは、整備側への配慮を怠らなかった。以後、整備分隊長の天沼彦一大尉は愉快に勤務でき、隊長を「非常にいい人だ」と見上げる気持ちを抱く。

「整備分隊はなにをしている」と怒った林大尉だったが、搭乗員の操作の不なれが判明して

三六一空はわずか四ヵ月で解隊に至った。この間に定数の零戦もそろいきらなかった戦闘四〇七は、続いて二二一空に編入。林大尉がそのまま飛行隊長を務め、鹿児島基地からルソン島のクラーク南基地へ十月下旬に進出し、フィリピン航空決戦の渦に巻きこまれる。

このとき弱冠十七歳の来本昭吉上飛は、隊長が率いる四機編隊の三番機として、初陣の空で戦った。編隊飛行中に後方からグラマンF６F「ヘルキャット」にかかられ、本能的に離

脱機動をとった来本機は、翼内タンクに二発を被弾したが、徹甲弾だったため発火せず、ルソンの山地を這うように飛んで基地にもどってきた。この空戦で大尉は一機撃墜を果たしている。

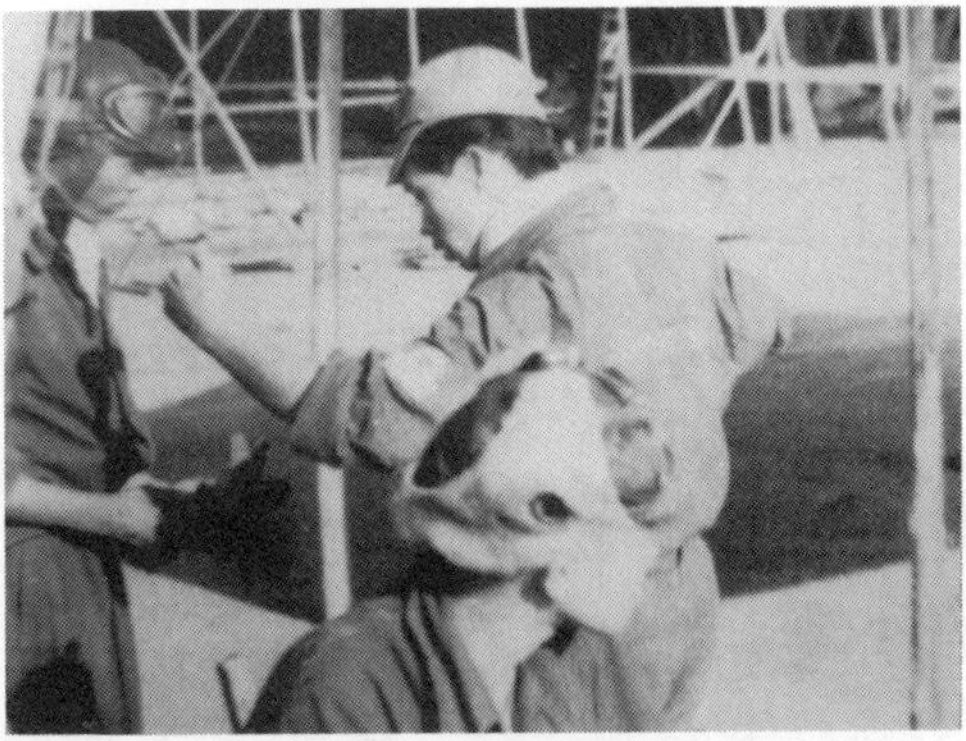

戦闘第四〇七飛行隊が三六一空の指揮下にあった昭和19年6月、鹿児島基地で飛行隊長・林喜重大尉(右)が来本昭吉上飛に捻りこみの機動を教えている。手前は錺(かざり)晴夫上飛。

特攻機も底をついたころ、翼下に六番（六〇キロ）爆弾二発を付けた零戦四機で出撃のさい、敵艦を見つけて突入する覚悟の大尉は「いっしょに死んでくれ」と言いわたした。進級後の来本飛長はやはり三番機だった。延々と索敵したが艦影は見当たらず、爆弾をマニラ富士の別称があるアラヤット山（ゲリラが潜む）に落として帰投した。

もとがダグラスDC－3なので「ダグラス」と呼ばれた零式輸送機に便乗し、フィリピンを脱出できた戦闘四〇七の搭乗員たちは、二十年一月のうちに内地に帰還。他隊へ転勤する者もいたが、来本飛長は「軍人の鑑」と慕う林隊長の戦闘四〇七付のままだった。新編の三四三空に組み入れられ、鹿児島県出水基地経由、愛媛県松山基地で「紫電」一一型での訓練を進めつつ、「紫電」二一型すなわち「紫電改」への機種改変にかかった。

三四一空司令の指揮のもと、同じくフィリピンで作戦した戦闘四〇一飛行隊の「紫電」搭乗員は、三四三空の各飛行隊に転勤、分散した。ルソン島進出時、台湾から引き返した中尾秀夫上飛曹は十九年十二月下旬に戦闘四〇七に転入し、マルコットを基地に邀撃と制空をくり返した伊奈重頼上飛曹、青柳茂一飛曹は二十年二月〜三月初めに松山に着いて、やはり四〇七への転勤を知らされた。

天誅組の異名を持つ戦闘四〇七に来て、彼らが魅了されたものが二つあった。一つは「紫電改」の飛行特性のすばらしさで、「操作に無理がきかない『紫電』とは、ウソみたいに違う。零戦を強力にした感じ。これならやれる」と伊奈上飛曹は驚喜した。同飛行隊では「紫電改」と呼んだほか、「紫電」の略記号N1K1-J（Jは陸上戦闘機を示す）に「改良型」を足して「J改」とも呼んだ。

もう一つが林大尉の人となりだ。「むっつりしたところがあるが、熱血漢。操縦技倆は高い」（中尾上飛曹）、「温厚で口数が少ない。人間的に立派」（伊奈上飛曹）、「部下思い。腕も度胸もいい。この隊長のためなら、と思える兄貴のような人」（青柳一飛曹）と、見上げる気持ちを抱かせた。

鹿児島県鹿屋基地に前進し沖縄戦に加わった三四三空は、四月十六日の朝、特攻機の進路をひらくべく、三個飛行隊の「紫電改」三六機が出撃。奄美大島～喜界島の空域で、米海軍第17および第47戦闘飛行隊のF6F群と交戦に入り、後方から迫った敵機に襲われた戦闘四〇七は、一一機のうち六機を失った。林大尉は増槽が落ちない不利な態勢のまま、高度を下げつつ戦ったが、一区隊（四機編成）列機の石田貞吉上飛曹、小竹等飛長、西鶴園栄吉飛長の三機全機が未帰還になった。

以後、大尉は黙考し、ふさぎこんでいるようすだった。二～三日のち、十七日に移動した第一国分基地で、数枚の便箋を分隊長の市村吾郎大尉に手わたした。内容は十六日の空戦の戦訓だが、なぜ口頭でなく書付にし、どうして自分に受け取らせたのか、と市村大尉はいぶかった。彼にとって隊長は「前に勤務した三〇二空の山田九七郎少佐（敗戦後まもなく自決）に似ている。リベラルな感じの人格者」だった。

「空戦の腕前なら隊のトップ」と来本飛長が確信したのが、南東方面の激戦を切り抜けた本田稔飛曹長。飛行長の志賀淑雄少佐が荒武者と評する本田飛曹長も、林大尉を「温情タイプ。すばらしい隊長」と仰いだ。

早朝にB－29来襲情報を受けた四月二十一日。搭乗割（出動メンバー表）を担当する本田飛曹長は、林大尉から「私を（搭乗割に）入れてくれ」と言われていやな予感を覚え、志賀飛行長に「なにか少し考えすぎておられるようですから、今日は私が行きます」と話した。歴戦の辣腕准士官の言葉だけに、飛行長はすぐ了解し「隊長と話してみる」と答えたが、大

やはり三六一空・戦闘四〇七当時の右腕、本田稔上飛曹。彼も林大尉の人格を見上げ続けた。

尉は発進前に自分の名を黒板に書きこんで、胴体に白線二本を巻いた乗機で離陸してしまった。

進撃した「紫電改」は、本隊が三個飛行隊合計で二二機、市村大尉指揮の別動隊が七機。本隊のうち林大尉が率いる戦闘四〇七の四機は、鹿屋の北方、福山上空六〇〇〇メートルの高度を北西へ向かうボーイングB－29「スーパーフォートレス」一一機編隊を認め、攻撃に移った。林機は反航（向かい合う）で接近し、逆落(さかお)としの直上方攻撃を加えたのち、単機分離して超重爆を追撃、熊本との県境に近い出水(いずみ)の上空で一九機編隊を捕捉した。

「之(コレ)ニ反復攻撃ヲ加ヘ、三中隊ノ一機（注・戦闘三〇一(さんまるいち)の清水俊信一飛曹）ト協同、B－29一機ヲ撃墜セルモ、被弾ノ為(タメ)自爆。〇七四〇（午前七時四十分）」の記載が戦闘詳報にある。列機を置きざりにして敵を求め、単独で執拗(しつよう)に戦う（清水一飛曹との協同は結果的にそのようなかたちに至ったのだろう）行動は、自ら死地を求めたようにも思える。

市村大尉が受け取った便箋には「列機を大事にせよ」「紫電改の性能はF6Fに劣らない」「増槽が落ちない原因を調査、改修すること」などが鉛筆書きされていた。明らかに十六日の空戦に対する痛恨の戦訓であり、分隊長にあとを託すための遺書とも見なせよう。増槽の落下不能は航空本部、川西航空機に伝えられ、その後に不具合は解消したといわれる。

二十一日は出撃せず基地に残留した青柳一飛曹は、林大尉の戦死を聞いて驚き「必ず仇をとる」と誓った。そして敗戦から四〇年あまりのち、筆者が面談した折に「いまも朝晩、隊長のご冥福を祈っているのです」と語ってくれた。わずか二ヵ月だけ部下だった人の脳裏に、生涯あざやかに輝き続けた、隊長の人格の高さが察せられよう。

〔維新(いしん)隊隊長・鴛淵(おしぶち)孝大尉〕

激戦のラバウル、ソロモンで二五一(ふたごおいち)空の分隊長を務め、林喜重中尉とともに出撃してグラマンF4F「ワイルドキャット」と空戦。二〇三空・戦闘三〇四飛行隊長に任じられたのち一転、裏街道的戦場の北千島で米爆撃機と月一～二回の散発的邀撃戦。ついで南進し、台湾沖航空戦とフィリピン航空決戦の荒波にもまれた。

零戦に乗って指揮官のキャリアを充分に身につけた鴛淵大尉が、昭和二十年一月上旬に松山に着任したとき、戦闘第七〇一(ななまるいち)飛行隊の飛行作業が再スタートを切った。

戦闘七〇一はフィリピンで三四一空の一隊として戦った「紫電」隊だった。その帰還者と、「紫電」よりも難物の「雷電」に三〇二空、三五二空で乗っていた者が、新生七〇一の幹部および基幹搭乗員を占めた。彼らも「紫電改」（戦闘四〇七と同様に「J改」とも呼んだ）を

ラバウル、比島での苛烈な戦いにより、鴛淵孝大尉（左）の表情から飛行学生時代の柔和さは消え去った。松山基地で戦闘四〇一へ転勤する伊藤貞勝少尉と。

歓迎した。

司令・源田実大佐が技倆と人格を賞賛したのが松場秋夫少尉。日華事変の勃発後まもなく、空母「加賀」の九〇式艦上戦闘機で参戦したこの超ベテランは、「紫電改」を零戦、「雷電」「紫電」と比べて「最良の見事な飛行機。F6F三機を相手にしてもやられない」とほめたたえた。ただし対F6Fについては、彼の卓抜な空戦能力に基づく比喩で、どの搭乗員にも当てはめられるというものではないが。

空母「翔鶴」の戦闘機隊でラバウル、ソロモンの攻防戦に加わり、三〇二空で「雷電」に乗ってB-29を邀撃した杉滝巧上飛曹も「『紫電改』ならF6Fに充分に勝てる。一騎打ち（格闘戦）のとき、自動的に出る空戦フラップがいい」との判定である。

「殺伐なところがなく品行方正だが、芯は強い。テキパキ仕事を進め、訓練計画も理詰めでこなす。参謀になっても腕をふるっただろう」が志賀飛行長の鴛淵評。医家の生まれなので、理系、とりわけ医療系のいい面の血を引いていたように思われる。

杉滝上飛曹の「穏やかだが勇気があり、隊員の信頼を一身に集めた」と、ラバウルの二〇一空で零戦、フィリピンの戦闘七〇一で「紫電」を駆った塩野三平上飛曹の「いばらない。温厚で人情に厚い隊長」とが、部下からの感想だった。

整備分隊、兵器整備分隊に対して、うるさい注文や小言を口にしなかった。全面的な信頼を置き、戦闘七〇一兵器整備の柳沢三郎少尉にも「よろしく頼む」の一言だけ。かえって頑張らないではいられなかった。事実、二月～三月なかばの猛訓練でくり返された吹き流し実弾射撃でも、機銃関係に顕著なトラブルを出していない。

のちの話だが、広汎(こうはん)に使われていた三番(三〇キロ)の九九式三号爆弾とは異なり、いまだ実用実験段階の三式六番三号爆弾一型がもたらされ、爆管式投下装置で翼下に取り付けた。兵器整備分隊長・二宮武大尉が、三名の飛行隊長に取り扱い法を説明。まず鴛淵大尉が数機を連れて上がり、B-29編隊への攻撃を試みた。うまくいけば一発あたり二七〇個の小型弾(一個一一三グラム)が傘状に散って、敵を包むはずなのに、全機とも投弾不能に終わった。

兵器分隊の担当者が志賀飛行長から、この不始末のお叱りを受けているところへ、鴛淵隊長が「オー、ミステイク」と言いつつやって来て、自分が投下操作を間違えて覚え、部下に教えたための失敗である、と詫びた。この種の告白を容易にできないのは言うまでもなく、彼の豊かな器量の一端が表われている。

鴛淵大尉は飛行隊長の最先任者なので、三個隊が合同しての全力出撃時には、全体の指揮官を務めた。

戦いは予想外の事態があいつぐ。とりわけ高速で機動力に富んだ戦闘機同士の空戦は、流動性、変化の度合が大きく、最善の対応は困難だ。この点、多勢の敵機を相手に、鴛淵大尉はよく任務をこなした。指揮官にとって重要なポイントは、個人戦果ではなく、部隊としての運用成果にあるのは言を待たない。

三四三空にとって初空戦の三月十九日、鴛淵大尉は敵よりも一〇〇〇メートル上の高度で、遠くからF6F群を発見。このとき連続撃墜を記録した松場少尉は、いい態勢へ持っていった大尉の落ち着いたリードを、高く評価している。

三四三空の指揮下に加わった四番目の飛行隊・戦闘四〇一は、錬成部隊として徳島、ついで松山にあった。戦闘四〇一で最後のフィリピン脱出搭乗員だった小野正夫上飛曹は、内地帰還後も四〇一付のままだったが、六月上旬に戦闘七〇一への転勤命令が来た。四月末から三個飛行隊の基地は長崎県大村に移っていた。

六月後半〜七月の鴛淵区隊は、二番機が敏腕の佐々木原正夫飛曹長、四番機が乙飛予科練〔特〕（いわゆる特乙）出身の若い某飛長の配置で、三番機を初島二郎上飛曹と小野上飛曹が交互に務めた。飛行隊長と下士官搭乗員とは日常の接触があまりなくても、列機につけば空中指揮官としての能力ははっきり判断がつく。戦地でもまれた小野上飛曹には、鴛淵大尉の秀でた操縦をすぐに理解できた。

「うまく随いてきたな」と大尉にほめられ、ときには注意点を示された。「口うるさくガタガタ言わない。闘志を内に秘めている」と小野上飛曹は隊長の性格を見て取り、隊員たちが「温かな人」と異口同音に語るのを耳にした。

戦闘七〇一の下士官搭乗員。右端の初島二郎上飛曹は20年7月24日、白煙を引く鴛淵機に従ってそのまま帰らなかった。

呉軍港を襲う米艦上機の大群を、二一機で迎え撃ったのは七月二十四日。佐多岬の上空で豊後水道を眼下に、指揮官・鴛淵大尉は突撃を下令した。各機は増槽を切り離して右へ大きく旋回し、中隊（空中での区分。多くの場合は飛行隊単位）ごとに空戦に入る。

対戦したのは第49戦闘飛行隊のF6Fと第1戦闘爆撃飛行隊のヴォートF4U「コルセア」である。帰投後に報じられた撃墜戦果は、両艦戦にカーチスSB2C「ヘルダイバー」艦爆を加えた計一六機。引き換えに「紫電改」六機が帰らず、そのなかに鴛淵大尉が含まれていた。

大尉を守るべく飛んだ、静かな性格だが腕は確かな、三番機の初島上飛曹も帰ってこなかった。乱戦のなかで分隊長の山田良一大尉は、鴛淵機に初島機がぴったり追随しているのを一瞥し安堵した。部隊の戦闘概報には、大尉が敵に三撃を加えたのち、被弾かトラブルかでエンジンから白煙を吐いたが、上飛曹はなおも従っていた、との記述がある。

三四三空の三個飛行隊は、それぞれ隊歌を作っていた。「風吹き狂う神国の」で始まる戦闘七〇一の隊歌の、二番の出だしは「指揮官鴛淵鬼大尉」だ。平時の人となりは「鬼」にはほど遠いが、ひとたび会敵すれば鬼神もたじろぐ勇猛ぶりを発揮する、という意味だろう。歌詞のとおりの奮戦を続けたのち、散華したに違いあるまい。

〔新選組隊長・菅野直(なおし)大尉〕

海軍の戦闘機乗り代表者を個性と逸話で、機種ごとに私的に選ぶなら、零戦の羽切松雄中尉、「雷電」の赤松貞明中尉、そして「紫電改」の菅野大尉を指名したい。羽切、赤松両中尉にとって練習機からの飛行キャリアが一〇年以上なのに、菅野大尉は三年あまりだから大した存在感だ。したがって、傑物が多い三四三空搭乗員のなかで、最もインパクトが強いのは彼という判定が出る。

内南洋に展開した零戦装備の初代三四三空の分隊長をへて、菅野大尉の空戦能力が最初に大きく発揮されたのは、二〇一空・戦闘三〇六の分隊長だった昭和十九年七月だ。フィリピン・ダバオからヤップ島へコンソリデイテッドB-24「リベレイター」重爆撃機の邀撃に出向き、連日の交戦につねに率先出動。当初は三号爆弾投下を兼ねた前上方攻撃と、直下方攻撃を用いたが、被弾しやすいため大尉は戦法を直上方攻撃に変更し、功を奏して撃墜破をかさねた。

十月、中島飛行機での機材受領からルソン島マバラカットへもどるとき、飛行場だらけのクラーク基地群なので、間違えてバンバンに降りた大尉らは、そこの司令に叱られた。あらためてマバラカットへ向かうとき、ならべた零戦のエンジンをいっせいに吹かし、司令がいる指揮所のテントを吹き飛ばして、そのまま発進していった。

マリアナで壊滅の二六三空から戦闘三〇六に転入した笠井智一（ともかず）一飛曹が、菅野大尉に抱いた第一印象は「えらい分隊長がおるもんやな」だ。勇猛果敢、強い決断力を備えた、部下にとって第一級の指揮官である。敵を見たらまっしぐらの大尉に率いられ、ヤップ、フィリピン、そして本土と、自らの腕と戦果を上げていく笠井兵曹の直感は、まさしく的を射ていた。

菅野大尉が率いる戦闘第三〇一飛行隊は「紫電改」の導入がいちばん早い。二代目の三四三空が開隊した十二月下旬には、オレンジ色の試作機で操縦訓練を始めていた。

戦闘三〇一でも「J改」と「紫電改」の両方の呼び方が混在した。三四一空・戦闘四〇一で「紫電」の操訓を受けた田中弘少尉の「紫電改」評は「『紫電』と大違い。乗った感じ、飛行特性がすばらしい。空戦フラップのおかげで垂直旋回（九〇度近くまで傾けた姿勢での、水平面における旋回）が楽にできる。ただ油圧、燃料系統の故障に要注意」。

進級後の田中中尉は予備学生出身者にはめずらしく、しばしば隊長の二番機に配置された。

左から田中弘中尉、村田義雄少尉、先任整備分隊士・加藤種男中尉。松山基地で整備中の「紫電改」をバックに。

菅野大尉の個性を「頭も腕もいい。短気な面があるが、さっぱりしている」と感じたが、空戦になると列機への気配りよりも、見敵必墜の一念で突っこんでいくため、追随しきれず、見失わないのが精いっぱいだった。

大村基地へ移動後に列機に入った田村恒春飛長の「闘志だけでなく緻密。空戦がうまく、気風がよくて遊びも豪快」と、二六五空から転勤の桜井栄一郎上飛曹の「前の隊長（鈴木宇三郎大尉）も傑物だったが、雰囲気が正反対で、初めはとまどった。やり出したら引かない。気さくで階級にこだわらない」の両イメージが、隊長像をよく表わしている。

三月十九日の初交戦で一機を撃墜後、乗機が被弾、発火し、菅野大尉は落下傘降下。火傷で真っ赤な顔をしぶしぶ軍医に診せたが、薬の塗布だけで包帯は巻かせなかった。逆に、部下の負傷には配慮を怠らなかった。

空戦中に燃料系統の不具合で不時着した田村飛長は、計器板にぶつけ頭部を負傷して現地で縫合。基地に帰ると、菅野大尉は弟に対するように気遣い、「すぐ軍医に診てもらえ」と自動車を用意してくれた。また、笠井上飛曹は離陸時のエンジン不調で滑走路端に突っこみ、右足三ヵ所骨折、背骨負傷で入院と温泉療養を受けた。一刻も早い戦列復帰を願う上飛曹が無理やり帰隊すると、大尉が「わしの前で走ってみろ」と言う。引きずる右足を見て「そりゃだめだ」と再度の湯治を命じた。

三四三空の別称募集に菅野大尉が応じた「剣」部隊が選ばれ、源田司令からパーカー万年筆の賞品が出た。明日の生命は知れない搭乗員たちは、概して物への執着心がうすいが、大尉もあっさりしていて、整備の先任分隊士・加藤種男中尉に「これ、君にやる」と手わたした。日ごろの加藤中尉の精勤への褒美だったのだろう。ちなみに、中尉の隊長評は「豪胆で、やんちゃ」である。

三人の飛行隊長は鴛淵大尉、林大尉、菅野大尉の順に、兵学校が一期ずつ若い。「菅野は野武士みたいな男。司令は〝末っ子〟の彼がいちばん可愛いんじゃないか」と志賀飛行長は思っていた。

菅野大尉を掩護する、鍛え抜かれた実力の杉田庄一上飛曹は四月十五日、鹿屋基地を離陸直後にF6Fに襲われて戦死した。大尉を「まれにみる闘魂の隊長」と認める司令は、戦闘七〇一の松場中尉(五月に進級)のアドバイスで、横空から空戦技術の権化・武藤金義少尉を転入させ、護衛役につけた。しかし武藤少尉も、鴛淵大尉戦死の七月二十四日に未帰還に終わる。

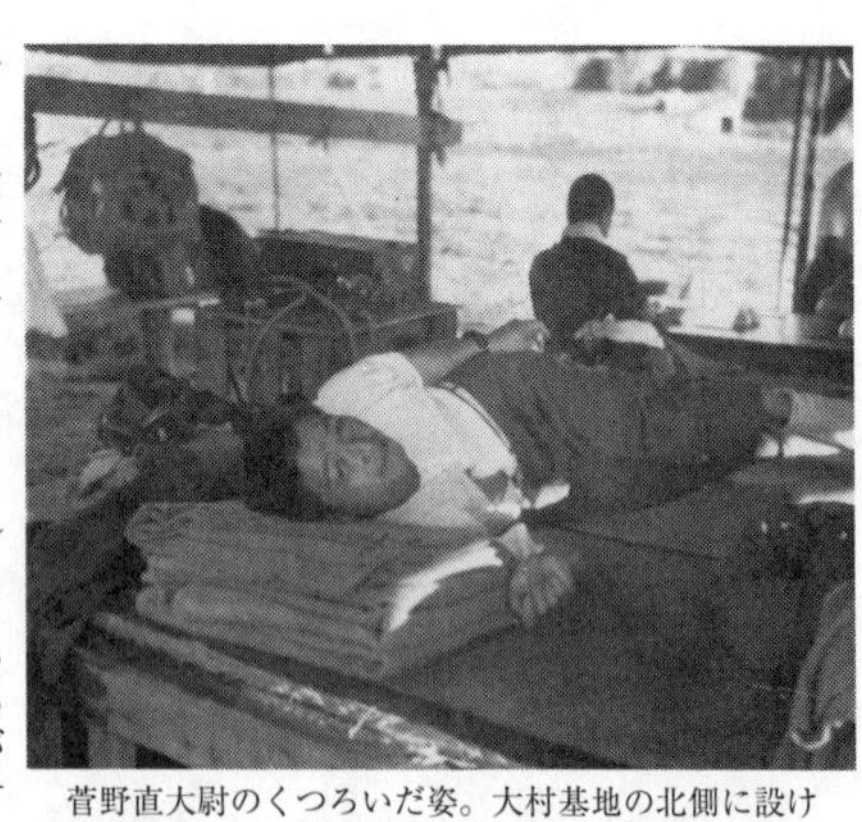

菅野直大尉のくつろいだ姿。大村基地の北側に設けた戦闘三〇一の指揮所で、呼びかけに振り向いた。

それから間もない八月一日の午前、沖縄から来襲する敵機を叩くため、菅野大尉がひきいる「紫電改」二〇機が大村基地から飛び立った。菅野隊長の区隊の列機は、二番機が先任下士官・真砂福吉上飛曹、三番機は不詳、四番機が進級後の田村二飛曹。続く二区隊の長・堀光雄飛曹長が加わった（三番機の代わりに？）ともいう。

佐多岬～屋久島の空域でB－24少数機を見つけるや、大尉は増槽を落として突進を開始。胴体に黄色の二本帯を塗った隊長機は性能がよく、敵の上空へ向けてダッシュしていく。長機に全速を出されたら、二番機が追随するのは無理だ。「もう少し速度を落としてくれるといいが」と真砂上飛曹が思ううちに、間隔が広く開いてしまった。

菅野機は五機編隊に前側上方攻撃をかけ、追ってきた堀飛曹長も同様な機動で二〇ミリ弾を放って後下方へ抜ける。降下中に飛曹長の受聴器に、大尉から「われ機銃膅内爆発す。われ、菅野一番」の送話が入ってきた。

降下から引き起こして自分より上方にいるはず、と飛曹長が思った隊長機を、下方に見つけた。すぐに機を左後方へ持っていった彼の目に、隊長機の左翼の大穴が映った。二〇ミリ弾が機銃の中で暴発し、外板を吹き飛ばしたのだ。

急機動すれば主翼が折れそうな感じだった。敵戦闘機の出現と菅野機の被墜をおそれた飛曹長は、護衛を続けようと決意したが、攻撃精神旺盛（おうせい）な大尉が怒りの表情と動作でB‐24攻撃をうながすので、やむなく同航を断念し、重爆捕捉へと機首を向けた。

飛曹長の不安は的中し、隊長は大村基地に帰投しなかった。伊江島から来襲した第348戦闘航空群のノースアメリカンP‐51DおよびK「マスタング」が、四式戦闘機（フランク）（「紫電改」を誤認）四機の撃墜を報じており、菅野機がこのなかに含まれている可能性が高い。

腟内爆発の原因には、特定製造時期の弾薬包の不出来・品質劣化と、信管のゆるみとが考えられた。兵器整備分隊では該当製造番号の弾薬包の除去、信管の締め直し（し）に努力していたが、おびただしいストック弾数ゆえに、万全な対応は無理だった。

菅野大尉未帰還を知らされたとき、隊員たちは悲痛な驚きに声を失った。「これで戦争は負けた」という笠井上飛曹の落胆が、大尉の存在の大きさを端的にものがたっている。

鴛淵、林、菅野の三大尉をそれぞれ智将、仁将、勇将と呼ぶのは、まさしくうってつけの形容だ。性格が異なる三人だが、確固たる共通点がある。それは指揮官先頭の常時実行と、部下全員から受けた尊敬で、ごく優れた飛行隊長だけに備わった資質がなさしめる特徴に違いない。

わが愛機は零戦、「雷電」「紫電改」

——どの機に乗っても確実撃墜

太平洋戦争が始まるころに海軍で飛行訓練をスタートし、敗戦までを戦い抜いた、真の〝一〇〇パーセント戦中派搭乗員〟は多くない。戦死率が高い戦闘機操縦員、それも当初からの専修者にしぼれば、該当するのは士官と下士官とを合わせて二〇名ほどにすぎない。

そのうちの一人が杉滝巧上飛曹だ。太平洋戦争を飛び続けたのもさることながら、彼の軍歴がきわだつのは、零戦はもとより、「雷電」と「紫電改」でも敵機と激しく切り結んでいる実戦経験による。

臆さず過酷な空に身を投じた杉滝上飛曹の、三年八ヵ月のひたむきな敢闘を綴ってみたい。

空母「翔鶴」に乗り組んだ

十五志、つまり志願兵で昭和十五年（一九四〇年）六月に、横須賀海兵団に入った杉滝四等航空兵。兵種は航空兵であっても搭乗員ではなく、専門職マークの特技章を持たない雑用係で「一般航空兵」と呼ばれた。

彼が海軍を志願したのは、飛行機乗りになりたいから。海兵団で三ヵ月半の新兵教育をすませ、鈴鹿航空隊で整備員の手伝いに努めるうちに、丙種飛行予科練習生の募集があった。どうしたわけか分隊長に応募を申し出たのは、分隊で杉滝三等整備兵（三整。進級と呼称変更による）ただ一人。

霞ヶ浦航空隊で適性検査を受けて第七期丙飛予科練に合格し、十六年十月から三ヵ月の予科練期間を霞空（かすくう）ですごす。始まったとき十七・五歳で、四三〇名ほどの同期生のうちでいちばん若いと教えられ、卒業に際して望んでいた操縦専修に分けられた。

第二十四期飛行練習生の中間練習機教程は、十七年一月から谷田部空でなされた。単独飛行の順番はとくに早い方ではなく、修了時に希望機種を艦攻、艦爆、戦闘機（艦戦）の順に記入して提出した。教官・教員による戦闘機の空戦訓練を見て「これは難しい」と杉滝二等飛行兵（二飛。予科練に入って整備兵から飛行兵に変更）が思ったのが、比較的に機動が穏便（おんびん）な艦攻を第一希望に選んだ理由だった。

先任教官の「いまから氏名を呼ぶ者は戦闘機」の声で、練習生たちは固唾（かたず）をのむ。多くが艦戦へ進みたいと思っていたからだ。自分が呼ばれたときは少し驚き、「俺にできるかな」のたじろぎが杉滝二飛にわいた。

飛練後半の実用機教程は、鹿児島県の出水空で。九〇艦戦、九五艦戦、九六艦戦を使う。九〇戦（と呼んだ）に比べて九五戦は三舵の利きがよく、操縦が楽で、九六戦はさらに良好だった。他の基地部隊へ移っての延長教育はなかったようだ。

空母「翔鶴」の飛行甲板で整備員がつき発艦待機中の零戦二一型。母艦乗組は海軍の搭乗員にとってトップの配置と言えた。

十一月に飛練を終えて、階級は新呼称の飛行兵長（飛長。旧・一飛）。告げられた初の実施部隊が空母「翔鶴」の戦闘機隊だから、教官・教員が与えた点数の高さが分かる。十二月には福岡県築城基地にいた。母艦用の零戦二一型の操縦訓練のためで、これが「ハイレベルな延長教育」と言えないでもない。

築城で使った零戦は、一式空三号無線帰投方位測定機を積んだ空母搭載用の二一型。初めて飛んでみて、三舵の反応が機敏な九六戦より落ち着いた感じ、着陸の容易さ、疲れが少ない密閉式風防、そして格段の速度差に杉滝飛長は魅せられた。

開戦から一年、搭乗員の感覚ではまだ日米互角と思える時期だ。訓練は飛行甲板に降りるための定着、三機編隊機動、格闘戦、木更津基地への長距離飛行など。

トラックへ航行中の昭和18年7月前半、「翔鶴」上部格納庫で葬儀用の写真を撮る。手前が分隊長・小林保平大尉、後ろは左から脇本忠夫二飛曹、立住一男二飛曹、杉滝巧二飛曹。杉滝兵曹、初陣4ヵ月前だ。

このころ「翔鶴」は南太平洋開戦で受けた被害を、横須賀工廠で修理中だった。

格闘戦では捻りこみも覚えた。ななめ宙返りをうって、頂点の背面姿勢で左フットバーを踏みこみ、同時に操縦桿を右前方へ。先輩の機に続く追躡のさい、同じ機動をとろうとして無意識に操作を覚えてしまう。だから捻りこみの作法は、長機の癖によって違ってくるのだ。

続いて修理を終えた「翔鶴」に移って、瀬戸内海で発着艦の訓練。高難度な着艦も、特に問題なく身につけた。杉滝二飛曹（十八年五月に進級）は空母乗組でただ一回、先輩が目測を誤って艦尾に激突、殉職する事故をここで見ている。

ラバウル上空、対F6F

飛行機隊を収容した「翔鶴」は十八年七月九日に瀬戸内海西部を出て、十五日に第一航空戦隊僚艦の「瑞鶴」「瑞鳳」とともにトラック環礁に停泊。飛行機隊を竹島に移動して、空戦訓練にかかった。

これまで一個小隊が三機の編成なのを、竹島基地で一ヵ月ほどして、先任分隊長の小林保平大尉から「これから四機編成でやるぞ」と命じられた。陸軍がひとあし先に採用した、ドイツ式ロッテ・シュヴァルム戦法と同じで、ドイツ流を開戦後に採り入れた米軍の戦法を、海軍はまね始めたのだ。杉滝兵曹はその利点を以後の空戦で実感する。

爆撃訓練も実施した。一キロの演習爆弾を翼下に付けて、三〇度の深めの緩降下で投下する。不なれな投弾ゆえに引き起こしが遅れて、標的艦のマストに接触して落ちる殉職者が出た。四機小隊の編隊機動もこの爆撃も、ソロモン諸島やラバウルでの戦いに準じた訓練なのだ。

一航戦の空母三隻は九月二十日に、トラックから西北西へ一一五〇キロのブラウン環礁へ動き、南西につながるマーシャル諸島海域で、訓練ついで索敵行動を十月まで断続的に実施。

この間、トラックにもどると杉滝兵曹たちの乗る空母がまず二ヵ月ほど「瑞鶴」に、続く一ヵ月は「瑞鳳」に変更され、両艦での発着艦も経験した。「翔鶴」を沈められても、他の空母に降りてすぐ対応可能にするためか、と兵曹は考えた。洋上航空戦力の再建と対応能力の向上をねらう、錬成の一環と言えよう。

北部ソロモン・ブーゲンビル島南端の南に位置する、モノ島への米軍上陸は十月二十七日。既存の基地部隊・第二十六航空戦隊（零戦は二〇一(ふたまるいち)空と二〇四空）と二十五航戦（同二五三空。

プロペラを回して、「サラトガ」からの発艦を待つ第12戦闘飛行隊のＦ６Ｆ－３の初期生産型。先頭機の飛行隊長ジョセフ・Ｃ・クリフトン中佐は11月５日、ラバウル上空で零戦２機撃墜（うち１機は協同不確実）を記録する。

のち二十六航戦に編入）に、貴重な一航戦の戦力を参入させて、北部ソロモンへの敵航空戦力を叩く、「ろ」号作戦の発令は翌二十八日だ。十一月初めのラバウル揚陸で一航戦は飛行機隊を分け、「翔鶴」の零戦は西飛行場（ブナカナウ）に、「瑞鶴」と「瑞鳳」の零戦は東飛行場（ラクナイ）に上げる。

どこで機種改変がなされたかは不明ながら、零戦は二二型から新しい五二型に変わっていた。二一型、二二型に充分に慣熟した彼には、性能的に大差がないように感じられたけれども。

進級したての杉滝一飛曹の戦歴はラバウル邀撃で始まった。進出後まもないころだから、十一月五日午前の空戦と思われる。

九時すぎに「敵大編隊見ユ」の警報があって、西飛行場から「翔鶴」の零戦一七機、基地部隊二〇一空の一三機、東から「瑞鶴」と「瑞鳳」の各一五機、二〇四空の一一機（トベラ飛行場の二五三空は不詳）があわただしく発進していく。第一波が来襲したのは、まもなくの九時二十分。
第38任務部隊の軽空母「プリンストン」を発した第23戦闘飛行隊のF6F-3「ヘルキャット」艦戦一九機が、艦船攻撃のSBD-5「ドーントレス」艦爆とTBF-1「アベンジャー」艦攻を掩護（えんご）する。二〇分後の第二次空襲は、空母「サラトガ」搭載の第12戦闘飛行隊に所属するF6F三三機が、僚飛行隊のSBDとTBFをカバーしてきた。一次、二次を合わせてSBDは二二機、TBFが二三機だ。さらに続いて、東部ニューギニアのドボデュラから第5航空軍・第5爆撃機兵団のB24「リベレイター」とB-17「フライング・フォートレス」（少数。この方面での最終出撃）計九〇機が、第5戦闘機兵団・第49戦闘航空群のP-38「ライトニング」六七機を付けて現われた。

11月5日の艦上機群のラバウル空襲。爆撃を避けて艦艇が湾内を動く。右上に東飛行場が、上縁中央に市街が見える。西飛行場は下縁やや左寄りの画面外に存在する。

機種と機数をならべるだけで、零戦の戦いの激しさが知れよう。戦闘後の報告で、一航戦の何人もが交戦相手をF4F（「ワイルドキャット」）と述べたのは、F6Fとの会敵が初めてだったためだ。杉滝一飛曹もこの例にもれない。

混戦で高度を失って、四機編隊が杉滝機ともう一機に減っていた。前方、海面にはりつくように飛ぶF6F（F4Fと判断）を認めて同高度で追い、二機が互いに射弾を放つと、敵はあわてて左急旋回をうち左翼が海面に突っこんで、水柱とともに没した。

搭乗員、地上掃射に散る

朝の警報が、敵戦爆各二〇機と伝えられたのは十一月七日だ。分秒を争う邀撃戦は少しでも標高が高い飛行場を使うのが有利だから、一航戦三隻から派遣の飛行機隊は「上の飛行場」の別名がある西飛行場に集められていた。

「翔鶴」と「瑞鳳」一二機ずつ、「瑞鶴」一四機の合計三八機が午前十時までに発進し、二十六航戦の零戦五四機とともにラバウル上空で、第5戦闘機兵団のP-38六四機がカバーする第90爆撃航空群のB-24二五機に対抗する。空戦は二〇分ほど続けられた。

一航戦戦闘機隊も基地航空部隊も空中での損失はなく、全機が帰投できた。着陸時に一機が大破しただけだ。戦果は撃墜P-38二〇機（うち不確実六機）、B-24一機。第5航空軍の損失はP-38五機で、二三機の撃墜を記録している。日本側の戦果は四倍にふくれ、一撃離脱への誤判定を思わせるのに対し、米側の数字は希望的観測によるおおむね架空の数字だから、論評の対象にならない。ただし二五三空の詳細は不明なので、両軍の判定確度にいくぶんかの変動が生じる可能性はある。

この空戦で杉滝一飛曹は、格闘戦に入らないP－38を捕捉しきれず、その高速ぶりだけが印象に残った。それよりも帰着後に、未経験の惨事が彼を待っていた。

やはりこの邀撃戦に、ベテランの列機で上がった若い飛長がいた。漫才のように人を笑わせる話しぶりが楽しく、トラック・竹島で飛行作業をともにしたため、母艦（飛行機隊）が違っても心やすい仲だった。

零戦から降りて、二人で指揮所の集合場所へ報告に向かっていると、低く侵入してきた敵二機が地上掃射にかかった。さっき戦ったP－38ではなくF6Fだったから、中部ソロモン・ベラベラ島からの第33戦闘飛行隊所属機の奇襲かも知れない。走って逃げる杉滝兵曹たちのまわりに、激しく弾丸が注がれる。

となりを走る飛長がバタッと伏せた。すぐに敵機は去っていく。旋回し掃射復行されるのを懸念した兵曹が「おいっ、来んか！」と叫んだが、返事がない。一二・七ミリ弾の炸裂で、彼の頭部はふきとんでいた。地対空の戦闘は搭乗員にとって、異種の凄惨（せいさん）をともなった。

十一日の邀撃戦も、杉滝兵曹は搭乗割に入った。珍しく個人名の記載が残るこの日の「翔鶴」飛行機隊の行動調書には、「翔鶴」の零戦一五機四個小隊（一個小隊だけ三機）を加えた一航戦の三九機が、朝の飛行場から離陸、とある。東飛行場からも第一基地航空部隊の二〇一空と二〇四空の六八機が立ち向かった。

空母巨大集団である第50任務部隊のうち、三隻の第50・3任務群と二隻の第50・4任務群

ベララベラ島バラコマ飛行場でのF4U－1A「コルセア」。11月8日ラバウルに来攻した第212海兵戦闘飛行隊の所属だ。

から、合計二三九機が二波に分かれてラバウルに殺到。一時間半の在空で、「翔鶴」隊はF6F一五機とSBD六機の撃墜（不確実を含む）を報告したが、個人戦果の記入がないので、杉滝兵曹の戦果の有無は判然としない。

彼は酒見郁郎中尉小隊の四番機を務め、三番機がこの戦場で撃墜機数をかさねていく谷水竹雄一飛曹だった。ふたりは同年兵だが、飛練は谷水兵曹が四期早く、飛行機乗りとして八ヵ月先輩である。

北部ソロモンで、クェゼリンで

ラバウル上空での二度の大規模邀撃戦で、杉滝一飛曹が致命傷をこうむらなかったのは幸いだった。一連の戦いで、ほかにも武運に恵まれている。

ブーゲンビル島を攻略する米艦船への一航戦飛行機隊の戦いが、「ろ」号作戦中に三度実行された。そのうちの第二次ブーゲンビル島沖航空戦、十一月八日がその日だった。

一航戦の九九艦爆二六機を掩護する零戦は、「翔鶴」の一五機をふくむ四〇機と、基地部隊の三一機。午前八時すぎまでにラバウルの各飛行場を発進し、十時にブーゲンビル島タロキナ沖に見つけた輸送艦と巡洋艦および駆逐艦の艦隊をめざして、高度七〇〇〇メートルから降下、攻撃に向かった。同じころ零戦隊は、上空八〇〇〇〜一万メートルに重層配備の敵戦闘機群四〇機ほどを視認し、直掩と遊撃に分離する。

敵は米海軍第17戦闘飛行隊のF4U、第33戦闘飛行隊のF6F（ともに基地隊機）、海兵隊・第212海兵戦闘飛行隊のF4U、陸軍第13航空軍・第339戦闘飛行隊のP-38、第44と第70戦闘飛行隊のP-40で、合わせて二八機。みなソロモンに基地があった。珍しいのは、数で零戦の五分の二の劣勢だった点だ。

日本側は零戦五機と九九艦爆一〇機を失い、米側はF6FとP-40各二機、F4UとP-38各一機が落とされた。日本側には対空火器による墜落もあろうが、掩護の困難と参加機数の優勢を考慮した上で敗色が濃い。

杉滝兵曹の空戦はどうだったのか。

編隊の維持が困難で杉滝機がやや離れたとき、五〇〇メートル下方にいた単機のF6Fから撃ち上げられた。風防と右翼付け根の前方を、曳跟（えいこん）弾流が赤くいろどる。左急旋回が常道だが、操縦桿をいっぱいに引いて上昇にかかる。これがケガの功名につながった。

敵は夢中らしく、撃ちながら同じ機動でついてくる。短時間、両機は七〇〜八〇度の上昇姿勢に到達。失速直前を察した杉滝兵曹はななめ左へ横転し、背面飛行で脱したが、F6F

は失速におちいって機首を真上に向けたまま落ちていく。続いて一八〇度ぐるりと姿勢を変えて、機首から猛烈な水柱とともに海中に突っこんだ。

戦闘に夢中だったから、左から近づくF6F二機に気づかなかった。射弾を受けて兵曹が危急を知ると同時に、片方のF6Fの風防内が炎で赤く染まり、機首を上げたのちに墜落。付近にいた零戦二～三機が攻撃してくれたのだ。

機首を返して、残るF6Fを追う。高度はやや向こうが高い。と、右側を七・七ミリの曳跟弾が走った。後方にいた零戦の「追うな」の合図だ。その機に追随して四機編隊に加えてもらい、西飛行場に帰ってきた。

着陸したら、その小隊長は上飛曹だった。杉滝一飛曹を呼んで「追いかかった機の向こうに敵編隊が見えなかったか」とたずねる。そのとき、味方機に助けられた幸運と、熟練者がそなえる捜索力の違いを、彼は思い知らされた。

〔残存する「翔鶴飛行機隊戦闘行動調書」のラバウル進出期間の分は、前述の十一月十一日を除いて、なぜか戦闘機隊の搭乗割だけが未記入である。記載内容にも納得しにくい点や、杉滝さん、谷水さん、同じく「翔鶴」の零戦搭乗員・杉野計雄(かずお)さんほかが語った回想と合致しない部分があり、この項は筆者の判断で日付や交戦機などに適宜の変更を加えた〕

一航戦の搭載機の七割、搭乗員の五割を失って、十二日に「ろ」号作戦は終わった。生存搭乗員は一部が残留して、他部隊への転勤もあったが、杉滝一飛曹は「翔鶴」戦闘機隊ラバウル派遣隊のままだった。

F6F、F4Uと戦いをかさねて、二機ずつ動ける四機編隊の利点が分かった。無線電話も空対空、空対地で適宜使用する。雑音がかなり入ったけれども、明瞭に聴こえるときもあった。捻りこみは身に付けただけで使う機会がなかった。一対一の縦の格闘戦が起きるケースは、まず皆無だったから。

のちに対重爆戦闘で常用される直上方攻撃は、この時期にはまだ使われず、急降下で迫って後上方攻撃をかける戦闘法が多かった。一度、単機でB-26に後上方から仕掛けたが、二〇ミリ機銃が故障し、七・七ミリ弾では当たっても落ちないため取り逃がした。

零戦の翼下に三〇キロの九九式三番三号爆弾を二発付けて、爆撃機編隊の側方から近づく。高度差一〇〇〇メートル、追いかけるかたちで後上方から投下した。飛行実験部が定めた前上方からの反航投下では、高速ゆえに目測をつけ

ラバウルへ再進出の前日、一航戦の零戦搭乗員。前列右端・杉滝一飛曹、後列左から３人目・杉野計雄一飛曹、右から２人目・谷水竹雄一飛曹。「瑞鶴」戦闘機隊ラバウル派遣隊と呼ばれたが、「翔鶴」の人員が多かった。18年12月９日に写す。

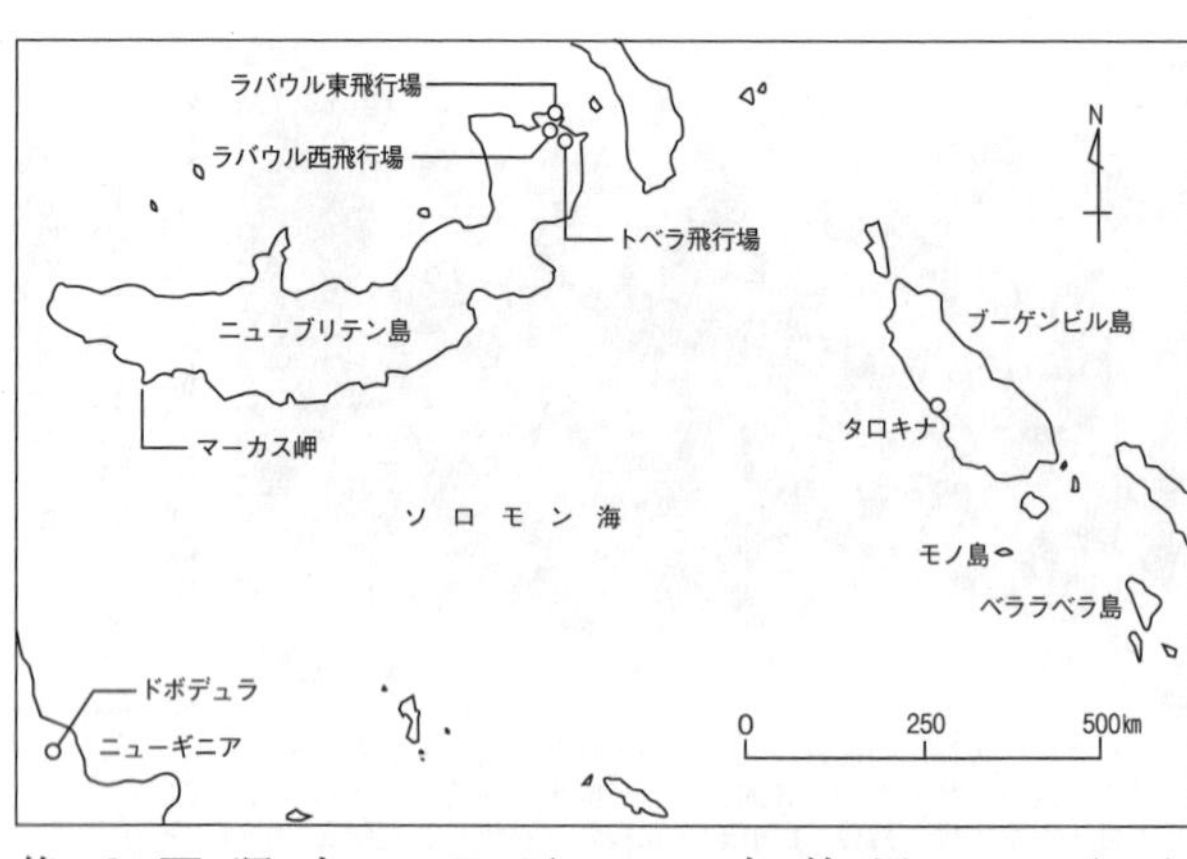

られないのだ。もっとも同航投下でも、命中には至らずに終わった。

杉滝兵曹を含む派遣隊搭乗員は、いったんトラックに帰還。中部太平洋方面東端のギルバート諸島周辺での米機動部隊の攻勢に対して、彼らを加えた一航戦の戦闘機隊が十一月二十六日に、マーシャル諸島のクェゼリン環礁ルオット島に派遣された。

前日に玉砕したギルバートのマキン、タラワ両島への強行偵察に、下旬のうちに出た杉滝機は、天候不良で引き返している。もし強運がなければ、F6Fに潰されていただろう。

ルオットにいた十二月五日の早朝、レーダーが敵大規模集団を捕らえたのに、通信不良のため対応が遅れ、「レキシントン」からの第16戦闘飛行隊と「エンタープライズ」からの第2戦闘飛行隊の、F6F群が飛行場から見えたとき、零戦はまだ離陸を終えていなかった。戦闘は惨敗。離陸中をかかられた杉滝兵曹は、かろうじて修羅場をくぐり抜け、交戦空域を離脱できた。深手（ふかで）の一航戦戦闘機隊はトラックに帰還し、「瑞鶴」戦闘機隊ラバウル派遣隊の名で二〇名が選抜されて、十二月十日（十五日ともいう）にラバウルへ再進出。こんどは市街から南南東へ離れたトベラ飛行場の二五三空司令部の指揮下に入った。

守備専門の戦局下で、使ったのが六〇キロの九七式六番陸用爆弾。ラバウルがあるニューブリテン島の、東部南岸のマーカス岬に上陸した米軍を、翌十六日に高度五〇〇メートルから緩降下で爆撃し、続いて銃撃を加える。四ヵ月前のトラックでの降爆訓練が生きたわけで、杉滝機は敵機と出会わずに帰投できた。

「雷電」に乗ってみた

ラバウルの航空戦力撤収を半月あまりさかのぼった十九年二月一日、半数に消耗した派遣隊搭乗員は分散し（証言に差異あり）、杉滝一飛曹は九六陸攻でトラック・竹島に後退する。駆逐艦に便乗し、一年前に零戦の操訓にはげんだ築城に到着。休暇が出て北陸の郷里でくつろいでから、命令どおり横須賀基地へ向かった。三月中旬のころだ。

三〇二空（さんまるふた）付なのを横須賀で初めて知り、同時に「雷電」搭乗を命じられた。「こんなズングリした飛行機に乗れるんかな」と驚き、教本を読んで、同じラバウル帰りの同年兵、丙飛は先輩の中村佳雄（よしお）一飛曹から説明を聴く。操縦席は広すぎる感じで、三点姿勢では前方の視界をほとんど得られない。

そのまま発動。誘導コースをまわって離陸した。零戦に比べて不安定で操縦しにくく、旋回性能は悪い。抜群の上昇力、速度の利点を除いたら、空戦するには零戦の方がいい、とたちまち呑みこんだ。横須賀基地は狭くて、「雷電」での離着陸にはほとんど余裕がなかった。横空に仮配置の「雷電」分隊は、五月なかばまでに神奈川県の厚木基地へ移動。飛行場が格段に広く、進級後まもない杉滝上飛曹とって難点は消えた。

19年7月ごろの三〇二空「雷電」分隊搭乗員と斜め銃付きの二一型。左から杉滝、馬場武彦、西元久男上飛曹、由井達雄中尉、中村佳雄、小林勝治上飛曹。由井中尉のほかは戦地帰りの即戦力メンバーだった。

下士官搭乗員の先任は馬場武彦上飛曹。次席が中村上飛曹で、彼と同年兵の杉滝兵曹の立場が軽いはずはない。十九年の春から夏へ、「雷電」二一型の可動機数はやっと十数機に増えて、よく搭乗する準固有機ができたが、「翔鶴」やラバウルで大事に扱ったような固有機は持てなかった。機数不足のうえ、「火星」エンジンの不具合多発で、常時可動が望めないからだ。

幸運も手伝って、杉滝兵曹はエンジントラブルを経験しなかった。それでも「戦闘機が来たら、〔この機で〕空戦を続けられるか？」の不安は付きまとった。

相手がマリアナからのB-29「スーパーフォートレス」と分かると、訓練は一万メートル近くまでの高高度飛行、反航で迫り背面姿勢に入れて垂直降下する直上方攻撃に重点を置く。垂直降下は速度がつきすぎて操舵がぐっと重くなった。抜群の辣腕・赤松貞明少尉とも手合わせして、生きた伝説のこの猛者に「堂に入っている」の最高評価を呈し得たのは、兵曹の腕の高さあればこそだ。

三〇二空だけが備える、二〇ミリ斜め銃付き「雷電」にも乗ってみた。「格闘戦で旋回を競って、回りこみが不足なときに使うのもどうかな。役立つかも知れないが、重いし照準困難。ない方がいい」。試射には及ばなかったけれども、正当な判定と言えよう。

重要部に一～二発当たれば、大型機でも撃墜可能な三〇ミリ機銃。九九式二〇ミリ一号機銃の口径を拡大した、エリコン式機構の二式三〇ミリ固定機銃一型と、国内開発の十七試三〇ミリ固定機銃（乙）の二種で、それぞれ「雷電」一一型と三三型の主翼に二梃付けた機が、厚木基地に配備された。十七試が制式兵器に採用され、五式三〇ミリ固定機銃に変わるのは翌二十年の五月だ。

杉滝兵曹が飛んだのは、先に来た二式三〇ミリ装備の方だった。性能、弾丸の威力とも十七試より低いが、それでも弾丸重量は二〇ミリ一号銃の二倍強、炸薬量が三倍弱もある。四二発入りの弾倉式で、送弾、装填を確実にするため数発を減弾して用いた。

「雷電」二一型の操縦は杉滝兵曹にとって苦痛ではないが、零戦とは異なり対戦闘機戦での用法が気がかりだった。

この一一型改装機を試射したのは、二五三空付でラバウルにいた山川光保一飛曹。片銃故障で撃ったら、発射のたびに奇妙に「雷電」が震動して、違和感に襲われた。杉滝兵曹が敵機に向けて三〇ミリ弾を放つのは、初冬の午前である。

B-29を落として不時着水

小笠原諸島・母島からのB-29情報ののち、来襲の気配がなく、いったん警戒をゆるめたら、八丈島の陸軍レーダー・電波警戒機乙が敵機群を捕捉。午後一時四十七分、横須賀鎮守府管区に空襲警報が発令されたのが、十二月三日の邀撃戦のスタートだった。

対B-29本格出動はまだ二回目だ。三〇二空からあわただしく発進した各機種のうち、「雷電」は二四機。黄色の胴帯を塗った分隊長機や先任士官機のほかは、どれにでも乗りこんで、てんでに離陸にかかる。待機空域に横須賀と厚木基地の上空を指定されていて、超重爆を見つけたら状況にそって移動する手はずだ。

杉滝上飛曹が乗った機は、二式三〇ミリ機銃付きの一一型。特に選んだわけではなく、駆け寄ったら三〇ミリ機が二機あって、一機は不調だったのだ。

上昇中に敵主力の大編隊は航過（目標は中島・武蔵製作所）して捕捉できず、離れて追随する単機に房総半島上空で追いついた。周囲に「雷電」と陸軍機が四〜五機飛んでいる。編隊から取り残された敵にかかるのは、対爆戦闘の常道だ。

ほぼ同高度に達した杉滝機は敵弾を避けつつ後側方から接近し、追い抜いたのちに一八〇度旋回、肉薄。わずかに機首を上げて、浅い角度の前下方攻撃に移る。初めて放つ三〇ミリ弾。発射時の反動は確かに大きく、発射速度（一定時間に撃てる弾数）をはっきり遅く感じた。

弾丸がB−29に吸いこまれる。前部胴体の下面から主翼付け根にかけて、命中が分かった。すぐ右旋回しつつ見やると、右翼下面から燃料が滝のように噴き出している。「ごつい！すごいもんだな」。感嘆も瞬時だった。すぐに発火したと思うと、巨体は三つほどにちぎれ、炎を引いて落ちていく。あとに四〜五個の落下傘が浮かんだ。

第73爆撃航空団の出撃八六機のうち、失われたB−29は五機で、そのなかに第500爆撃航空群司令リチャード・T・キング大佐機が含まれる。司令機は燃料タンクから発火して降下し、落下傘で脱出した司令ら五名は捕らえられた。この機が杉滝兵曹の相手だった可能性は充分

第73爆撃航空団・第500爆撃航空群のB－29が富士山上空でコースを変え、中島・武蔵製作所へ向かう。手前は２号機だが、杉滝兵曹が落としたのは司令の１号機の可能性が大きい。

にある。

燃料残量は別のB－29を探して一戦を交えるほどはないが、燃量計の針は厚木基地までなら余裕の数字を指している。基地へ帰り燃料を補給して、再出動を試みるつもりだった。五〇〇メートルの高度で東京湾上を西へ向かう。

それまで異状がなかったのに、急に爆音がとぎれた。燃量計は残存量を示していても、燃圧計がゼロ表示では、エンジンが止まるはずだ。被弾によるトラブルなのか。

高翼面荷重の「雷電」の高度がみるみる下がる。操縦桿を両足ではさんで風防を開けたら、もう海面だ。着水の激しいショックで風防が閉じた。肩バンドが切れて射撃照準器に額をぶつけたのか、いきなり眼前が光を失った。

意識がもどったのは、「雷電」が沈んで操縦席に海水が噴きこんだからだ。「こんなところで死んでたまるか！」。開かない風防を、頭を下にして蹴り外そうとして、また意識がとぎれた。

はっきり記憶がもどったのは、海面へ出ようともがいているときだ。風防が外れたか、樹脂ガラスを蹴破(けやぶ)ったのか覚えていない。しかし自由が利かない身体だから、このまま海水に浸(つ)かっていては凍死するだけだ。

杉滝機の着水は、東京湾沿岸の陸軍監視哨から目撃されていた。突入時の大きな水柱ゆえに、操縦者を死亡と判断し放置しかけたら、哨長の少佐が「おい、見てきてやれ」と命令した。すぐに舟艇が用意され、現場へ向かう。浮いた杉滝兵曹を見つけ、抱えて艇に引き上げると、照準器に前頭部をぶつけた傷の血が顔を染め、一点をにらんだまま一言も発しない。陸兵を怖がらせたほどだった。

陸軍部隊の病室で、兵曹はわれに返った。ベッドに寝た彼を暖めるため、周りで数台のストーブが熱く燃え、身体を湯たんぽが取りまく。大きな注射器を持った衛生兵の曹長が「われわれは〔救助に行っても〕だめだと言っていた。あなたが助かったのは少佐殿のおかげです。あとで礼状を出して下さい」と説明する。その日のうちに回復し帰隊した彼が、感謝の手紙を送ったのはもちろんである。

不調の「紫電改」で戦った

十二月下旬、「雷電」隊・第一分隊長の宮崎富哉大尉から、戦闘第七〇一飛行隊への転勤

戦闘第七〇一飛行隊の搭乗員待機所を示す看板のかたわらに杉滝上飛曹が立つ。維新隊は戦闘七〇一の別称。松山基地で撮影。

を伝えられた。源田実大佐が制空権奪回をねらう三四三空の一隊で、ラバウル帰りで「雷電」に乗れる腕達者なのが理由だった。同年兵の中村、八木上飛曹も同じ経過をたどる。

　杉滝上飛曹が愛媛県松山の基地に着いたのは、十九年が暮れかかるころだ。開隊の十二月二十五日から二〜三日のうちで、前身の三四一空・戦闘七〇一の残党がやってくる半月あまり前。搭乗員の到着では最初の何人かのうちだった。

　開隊前から準備を進めていた戦闘三〇一のまとまりが早く、訓練用の「紫電」一一型を年末に受領して、飛行作業を開始。戦闘七〇一が「紫電」で飛び始めたのは、おだやかで勇気をそなえた飛行隊長（杉滝さんの回想）の鴛淵孝大尉が着任した翌日の、一月九日からだ。杉滝兵曹の搭乗も早々になされたに違いない。

　飛行作業を数回かさねて、「紫電」の特質を呑みこんだ。「雷電」に比べて安定感があり、操縦しやすい。折損しやすい二段引き込み式の主脚も、事故は一度もなかった。巧緻繊細な「誉」二一型エンジンの故障も、「紫電」では味わっていない。

「紫電」二一型すなわち「紫電改」を、戦闘七〇一が使い出したのは二月に入ってから。零戦より速く、匹敵する空戦性能に杉滝兵曹は喜んだ。「F6Fにも充分勝てるぞ。うまく対応すれば、絶対に負けない」と意を強くした。ラバウルとマーシャルでF6Fと対戦した実績に、裏付けられた本心の感想だ。彼はいつも「紫電改」と呼んでいた。

大村基地で発進準備中の「紫電改」。米軍への引きわたしで羽田へ向かうときだが、作戦時の状況を推測できる。

二十年三月十九日の三四三空の初交戦には出動し、松山上空から洋上にかけての空域で、区隊でのF6F一機協同撃墜の戦果を記録。列機間の無線電話が多用され、三〇二空の「雷電」よりも一段と感度、明度が高かった。

三月下旬に沖縄戦が始まると、三四三空は四月十日から鹿児島県鹿屋基地への移動にかかり、南西諸島の制空と南九州上空の邀撃に従事する。杉滝兵曹は第一陣に入れられて、翌々日に菊水二号作戦の特攻機の進路開拓に加わった。

戦闘三〇一飛行隊長・菅野直(なおし)大尉が率いる、一一個区隊四四機のうち、二機が発進を中止し、十二日の出動完了は午前十一時四十五分。人格と技倆(ぎりょう)を兼備の分隊長・山田良一大尉の、二番機が杉滝兵曹の配置だ。離陸後に、不調でさらに八機が引き返した。

杉滝兵曹のC32号機（Cは戦闘七〇一を示す）も、発動時からエンジンの調子が悪かった。「これでもグラマンの一〜二機となら相手にできる」。全弾装備の重い機を出発線まで滑走させ、エンジンを全開に。機体から「誉」がちぎれそうな、強烈な振動が来た。出力をしぼり、路端（エンド）でようやく浮き上がった。

高度を取るにしたがい、Uターンする気持ちが「行ってやれ」へと変わり、二〇〇〇〜三〇〇〇メートル上昇する。単機の飛行だが、目的空域は奄美大島〜喜界島（きかいじま）周辺と分かっている。ゆるい上昇を続けて高度六〇〇〇メートルに達し、会敵しないまま奄美上空まで飛んできた。

島の上空を大きく二旋回するうちに、一〇〇〇メートル下方にF6F二機が見えた。エンジン不調を忘れて降下したら、とたんに振動が再発。出力をしぼって突っこむ杉滝機に、気づいた敵は急旋回をうって離脱していく。無線電話機にクリアーに入る交信を聴いて、あきらめず北北東へ追尾する彼の目に、二機の先にいた十数機が見えた。味方機か？

反転し向かってくるのはF6Fだった。二機または四機の編隊機動に、不調機では対抗不能だ。付近を弾流がすぎ、被弾の衝撃を感じる。「なおも追ってきたら着水しよう」。覚悟し、低空まで垂直降下したら、曳跟弾が来なくなった。敵機が去っていくのが見える。急降下と右翼から流れる煙で、撃墜と見なされたようだった。

右翼の中央部が破れ、二〇ミリ弾の炸裂と風圧で外板がめくれる。座席に燃える臭いが入ってきた。これまで、と観念して落下傘降下したら、屋久島の北の竹島沖だった。泳ぎ着き、島民の助け舟を岩場で待って、村落に滞在。歓待を受け、やがて巡回してきた小艇で、杉滝兵曹は新たな基地の大村に帰ってきた。

飛行艇狩りは意外な激務

沖縄南部から西へ三〇キロの慶良間列島に基地を置いたＰＢＭ－５「マリナー」哨戒飛行艇は、沖縄・北飛行場（読谷）のＰＢ４Ｙ－２「プライバティア」哨戒爆撃機とともに、南西諸島から九州周辺の艦船や施設攻撃、対潜攻撃に、判然たる威力を発揮した。Ｂ－24の発達型で武装を強化したＰＢ４Ｙ－２の脅威は理解が容易だが、一二・七ミリ機銃八梃を備えたＰＢＭ－５も、脆弱な日本の飛行艇とは別物のタフネスぶりを発揮した。

零戦が手こずるＰＢＭとＰＢ４Ｙの制圧をめざして、三四三空は五島列島周辺海域を主体に、五月三日から一ヵ月の哨戒機狩りに努める。広大な空域で少数の相手（たいてい二機編隊）を見つけるのが難問だ。まず海軍見張所と陸軍監視哨が、レーダーおよび目視で来襲機を捕捉。敵機が侵入する哨区を「紫電改」に電話連絡し、敵との距離が至近に達するまで誘導を続ける方法を採った。

当初はデータ欠如と電話の連携に手こずった。初めて攻撃に成功した五月十一日は、戦闘

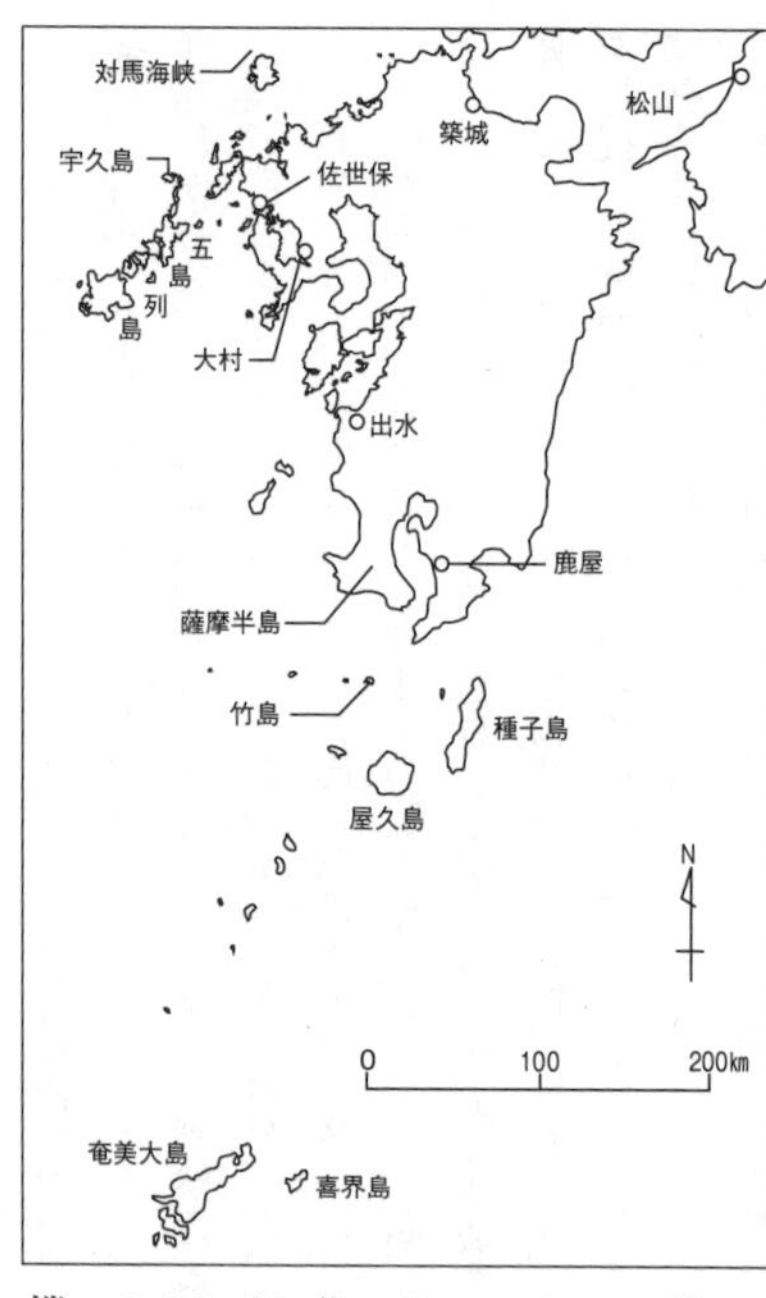

三〇一の四機が第21哨戒爆撃飛行隊のPBM二機を攻撃し、一機を撃破後に着水させている。

　四日後の十五日朝十時すぎ、五島列島南西端の大瀬崎から、北上する敵哨戒機の発見情報が入電。その後の報告でPBM二機と判明して、大村基地では即時待機の「紫電改」八機を用意する。発進は正午だった。

　指揮官で第一区隊長が百戦錬磨の松場秋夫中尉、第二が八木上飛曹。杉滝上飛曹は松場中尉を補佐する二番機だから、納得しうる配置だ。第二区隊の三、四番機が引き返し、六機は西北西へ洋上飛行を続けて、二〇分とかからず五島北端の宇久島の上空へ。PBM二機は同島の北北東五五キロ、との電話で変針し、長時間飛行にそなえて付けた増槽を投棄。降下しつつ層雲を抜けて、海面が見えると同時に、敵の曳跟弾が直前方から飛んできた。

杉滝機の主翼に何発か当たった。ＰＢＭは真正面だ。松場中尉機に追随して右旋回。松場機の一撃で敵の列機が発火し、海面に当たって火の海と化した。八〇〇メートルの高度で同航戦に変わって、撃ち合いが始まる。ＰＢＭの側方に出た松場機の操縦席に一二・七ミリ弾が当たり、中尉の足裏を削った。すぐバンクして「被弾した。帰る」と伝える。

杉滝機の射弾を受け、不時着水した第18哨戒爆撃飛行隊のPBM－5「マリナー」。後部胴体のそばに黄色のゴムボートが見える。救援に来た同部隊のPBMからの撮影。

杉滝機の右にいた箕浦信光一飛曹も燃料タンクを破られ、火炎を噴いて空中分解。敵の長機は降下していく。「なんとしても逃がせない！」。一番機と三番機をやられ、自機にも被弾した杉滝兵曹は、速度差がなく撃たれやすい後方攻撃をやめて、「前上方攻撃をやる」と電話した。敵の死角の前下方攻撃で行きたいが、海面に突っこみかねないのだ。

浅い降下での前方攻撃。機首をわずかに振って射弾を横へ流す。破損した敵の右エンジンがピタリと止まった。旋回した杉滝兵曹が第二撃のため旋回し、前方へ出てまもなく、ＰＢＭが着水した。機内からすぐ救命ボートが出て、海に跳びこんだクルー四〜五人が縁(へり)につかまり、「紫電改」へ手を振っている。

杉滝兵曹は「漂流者を銃撃せよ」を送話した。敵搭乗員が生還すれば、なんらかの情報が伝わってしまう。第一、捕虜ではないから倒すのが当然なのだ。兵曹のC53号機にはもう残弾がなかったという。

残る三機が敵を掃射し、そのまま帰途についた。九州北部の上空で八木機が被弾による滑油もれで不時着し、大村帰着は三機だった。PBM二機と引き換えに、搭乗員一名と「紫電改」二機を失い、一名が負傷する、予想外の苦戦の決算である。

PBM-5は第18哨戒爆撃飛行隊の所属機で、対馬海峡での船舶攻撃に飛来し、五機の日本戦闘機のうち一機を撃墜した。その後二機とも落とされ、一機はクルー全員が戦死したが、マービン・E・ハート大尉機は不時着水に成功。機上戦死三名以外のクルーは無傷で、ゴムボートに移乗し、一二時間後に味方潜水艦に収容された。

杉滝機の残弾が皆無とは考えにくいし、〝据(す)え物斬(ぎ)り〟なのに他機の射撃に命中弾がないのも奇妙である。飛行艇側は着水後の掃射を受けていないようだ。武器を持たず手を振る相手に、四名が武士の情けを示したのが真相ではあるまいか。

最後はP-51との劣位戦

太平洋戦線のP-51D「マスタング」は第7航空軍に所属し、その基地が硫黄島なのは普遍的に知られる。

　ところが、第5航空軍所属でルソン島にいた第348戦闘航空群（四個戦闘飛行隊）も一月に、P－47D「サンダーボルト」からP－51DとKに改編されている。三月には第5航空軍の第35戦闘航空群が同様に機種改変。第348戦闘航空群が五月に伊江島、第35戦闘航空群は四月に北飛行場へ移る。三四三空は七月五日に第35戦闘航空群と佐世保南方で戦い、敗北を喫した。二度目の「野馬(マスタング)」との空戦が、戦闘三〇一飛行隊長・菅野大尉が散った八月一日。相手は第348戦闘航空群である。出撃した「紫電改」二〇機のなかに、杉滝上飛曹の乗機があった。

「空戦は十時半ごろ。薩摩半島の上でした」。四二年がすぎたのに、彼の記憶はクリアーだった。

　右前方、一〇〇〇メートル上空に敵機を認めて「敵戦闘機、右前方四機」を送話する。だが「了解」が入らない。距離が詰まると、敵機はP－51と分かった。増槽を切り離して、右翼内タンクから使おうと、左手で燃料コックをひねる。

　向こうも杉滝機を見つけて切り返し、反航戦のかたちで降下してきた。すぐに右へ急旋回。このときエンジンが止まってプロペラが空転したが、旋回のまま降下を続け、瞬時の視線が燃圧計を確かめる。数字低下から、Gによる燃料移送管トラブルか、と座席前下方の胴体前部タンクに切り替え、燃料ポンプをつくと同時に、電動燃料ポンプのスイッチを入れたら、エンジンがかかった。

8月1日の空戦で「紫電改」1機の撃墜を報告した第460戦闘飛行隊のトーマス・M・シーツ中尉と乗機P－51D「マスタング」。彼の戦果が杉滝機だったのかも知れない。

敵機を見ようとした瞬間、左後方からの一二・七ミリ弾が胴体に命中。スロットルレバーを持つ左手の下を抜け計器板に数発が当たって、炸裂焼夷弾が青白く輝いた。計器板の前の水メタノール・タンクと、胴体前部タンクにも被弾し、熱気に続いて火炎が顔をおおった。座席の下方からも火が噴き上げる。

皮膚をむしられる熱さだ。レシーバーのコード、酸素マスクの連結管と胴バンドをそれぞれ外したけれども、肩バンドがかかったままなので、開けた風防から出られない。焦りのなかで記憶がとぎれた。

杉滝機を襲ったのは、戦闘空域を開聞岳上空と報告している第342戦闘飛行隊のエドワード・S・ポペク少佐機（P－51D）の可能性が高い。少佐のもう一機撃墜と、第348戦闘航空群および第460戦闘飛行隊の各一機（P－51KとD）による二機撃墜の戦果は、菅野大尉ら戦闘三〇一に対するものだろう。日本機を四式戦と見たのは、フィリピン戦で戦った影響による。

近くの見張所は杉滝機の空中分解と、放り出されて開いた落下傘を注視していた。兵曹は海に落ちて失神から蘇生。頭部を打った衝撃で、なぜ海中にいるのか分からない。後頭部と右足が痛かった。

浮かんでいるうちに記憶がもどってきた。漂流して十数時間をへた闇のなか、眼前に薩摩半島の絶壁がそびえていた。何度か失敗ののち岩に取りつき、痛む身体でじりじりと這い上がる。顔の火傷で乾く喉をよどんだ溜まり水で湿し、やがて細竹の密集地に到達、細い流れを見つけてひたすら飲んだ。

夜が明けて、やっと頂きに出た。水田があって、農夫がひとり身構えている。

「この近くに民家はありませんか?」

「なにっ⁉」

兵曹の火傷から、敵兵と思ったのだ。部隊と戦闘について話し、救命胴衣に書かれた「杉滝上飛曹」の白文字を見せる。「あ、あなたは日本の兵隊さんですか」

お待ち下さい、と言い残して走り去り、少しして白米の握り飯の包みを抱えてやってきた。痛くて齧りつけないから、小さくつまんで口に入れる。助かった安堵と空腹で、こたえられない旨さ。農夫は丁重な口ぶりで家へ案内し、まもなく退役衛生兵の中年男性が訪れた。

「火傷治療には自信があります。痕が残らないように処置してあげます」

治療後ひと休みして、警防団(民間の治安団体)が担架で道路まで運んで、バスに乗せてくれた。団員に付き添われ、担架に寝た姿で海軍病院へ。

それから半月あまり。敗戦の玉音放送から数日後に退院できたとき、世の中は正反対に変わっていた。決戦兵力の頂点に立つベテラン搭乗員が、もはやなんの価値もない。

零戦、「雷電」「紫電改」でそれぞれに敵機を落とし、「雷電」と「紫電改」では不時着水と落下傘降下。これほどの死闘を戦い抜いて、戦功をたてた下士官は、その処遇にいっさいの恨みを抱かなかった。

出撃した予備士官たち
――〝殺人機〟を駆って敵襲の空へ

少ない搭乗チャンス

それまで各期とも一〇〇名を超えなかった飛行予備学生の例を破って、昭和十八年（一九四三年）九月末に入隊の第十三期は一気に五二〇〇名におよんだ。航空主兵が歴然化し、初級士官の戦死あいつぐ状況のもと、海軍省人事局と航空本部が実施した異例の対策だった。十二期までの筆記テストはなくなり、面接と口頭試問、身体・適性検査によったが、七万名をふるいにかけたのだから、なお「選ばれた者」ではあった。また予学で最後の志願制だったため、七〇日後に徴兵で入った十四期にくらべて、優遇の度合は大きかった。その差は両期の遺稿集『雲ながるる果てに』と『あゝ同期の桜』に、端的に表われている。

とはいえ、身分制度が陸軍よりも頑(かたく)なな海軍では、兵学校生徒なみの扱いは受けられず、士官↓予備士官↓特務士官の順列のもと、有形無形の各種の不利に甘んじた。

総人数の四分の一を前期、四分の三を後期とし、前期の訓練期間を短縮。実施部隊着任に二〜三ヵ月の差をつけたのは、むしろ戦局に対応する策として、評価できる。しかし、中尉進級を十九年十二月、二十年三月、六月の三段階に分けたのは、まったく意味がなく、陸海軍を通じて類を見ない。予学軽視の好例だろう。

予学十三期の実用機教程の配員は操縦専修二二〇〇名、偵察専修二六〇〇名、地上勤務の飛行要務専修二〇〇名。操縦の場合、需要がめっきり減った飛行艇を除く全機種へ進んだが、時節がら戦闘機がほぼ一〇〇〇名を数えた。このなかに夜間戦闘機要員は含まれない。

戦闘機要員は前期組が昭和十九年七月下旬以降、後期組は九月下旬以降に実施部隊に着任した。この時点で、個人差や部隊差もあるけれども、赤トンボと呼ばれた九三式中間練習機で四〇時間、九六式艦上戦闘機〜二式練習用戦闘機〜零式練習用戦闘機〜零戦で四〇時間を飛んでいた。無論、戦闘機乗りとしてはヒヨコの域である。

そこで、延長教育に相当する、編隊や単機での空戦用の機動訓練を、実施部隊で受けねばならない。彼らが着任した時点では、いまだボーイングB－29の本土空襲は本格化しておらず、零戦による飛行作業をおおむね順調にこなした。

ただし、部隊によって差があった。昼間戦闘機隊が零戦のほかに局地戦闘機「雷電」を併用する、内地の防空専任部隊の第三〇二（さんまるふた）航空隊、第三三二（さんさんふた）航空隊、第三五二（さんごおふた）航空隊は、その点ゆとりが少なかった。きたるべき邀撃（ようげき）戦への訓練、不足気味の機材など、条件が思わしくなかったからだ。

操縦技倆の上達度は、二十歳を境に大きな差が生じがちだ。スポーツ競技やオートバイの運転を考えれば、それは容易に納得できる。できるだけ効率よく作戦に使える搭乗員がほしいから、まず指揮官へ進む兵学校出身者、次に練度向上の早い予科練出身者に、飛行機と燃料をあてがう部隊幹部の心理は、むしろ自然とも考えられる。

防空三個航空隊の予学十三期出身者に対する錬成には、それぞれ違いがあった。

三〇二空では、「雷電」の補助機材として零戦を装備する第一飛行隊と、夜間戦闘を目指す第二飛行隊・零夜戦分隊の二コースがあり、後者は搭乗員が不足ぎみなので、搭乗チャンスは充分だった。反対に前者は人員過剰状態のため機数不足なので、三日に一度ぐらいしか飛べなかった。

三三二空は両者の中間で、まずまずの飛行時間をかせげ、三五二空はそれよりももう少し条件が悪かった。

乙戦志願

神奈川県厚木基地の三〇二空は、夜戦および昼戦（甲戦すなわち制空戦闘機である零戦と乙戦すなわち局地戦闘機である「雷電」）搭乗員の育成任務も引き受けていた。零戦にすら乗る機会が少なくては、機数が足りないうえ操縦が難しい「雷電」は、駐機場へ持っていく地上滑走が関の山。逐次、他の零戦部隊へ転勤し、あるいは同じ三〇二空の零夜戦分隊へ隊内異動して、「雷電」で邀撃戦に加わった予学十三期出身者は皆無だった。

山口県岩国基地の三三二空では、昼戦隊が零戦と「雷電」の併用で、好きな方に乗ってよく、腕の立つ者は両機に交互に搭乗した。これを裏返せば、「雷電」をこなせなければ零戦専門でかまわないわけで、予学十三期の「雷電」での実戦参加者は一名だけである。

両部隊の区分とはまた少し異なって、長崎県大村基地の三五二空では、昼戦を零戦の甲戦隊と「雷電」の乙戦隊に二分した。ただし、甲戦隊員は零戦オンリーだが、乙戦隊員は作戦によっては零戦に乗るケースがあった。

その三五二空に異変が生じる。

昭和十九年六月以降、大陸・成都からのB－29が北九州に来襲していた。そのさなかの八月初めから十月にかけて、元山空、大村空、神ノ池空から逐次、実用機教程を終えた予学十三期の少尉たちが集まってきた。合わせて二〇名ほど。甲戦隊の搭乗員は充足していて、錬成員の立場の彼らが出撃メンバーに加われる可能性はほとんどなかった。

十一月、秋も終わるころには、訓練の分だけ腕も上がった。菊地信夫少尉、金子喜代年(きよとし)少尉、西田勇少尉、山本定雄少尉たちが相談しあい、戦列に加われる策を考えた。それは「雷電」の搭乗志願だ。一木利之飛曹長、名原安信飛曹長といったベテランに、栗栖幸雄飛長ら年若い特乙一期出身者が加わって乙戦隊を構成していたが、甲戦隊にくらべて人数がずっと

大村基地の見張所から甲戦隊の零戦と乙戦隊の「雷電」の列線を見る。空中目標の方向を伝えやすいように、板囲いの内側に地名と方位が書いてある。

少ない。

「飛行時間が短いから、断わられるかも」と思いつつ、飛行隊長と甲戦隊の指揮官を兼ねる神崎国雄大尉に「雷電」搭乗を申し出た。元来さばけた性格で、隊員の信望を集める神崎大尉の返事は簡単明瞭。

「そうか。ひとつ、やってみるか」

乙戦隊分隊長・杉崎直（なおし）大尉も、彼らの積極的な申し出をひやかしたり渋ったりせず、「離着陸が問題だ。それだけを考えて乗ってみろ」と注意点を教えてくれた。

動力系統、電気系統の故障がひんぱんで、高翼面荷重（機体重量の割に主翼が小さい）ゆえにエンジンが止まれば即墜落するイメージから、「爆弾」と呼ばれる「雷電」を、彼らが特に好んでいたわけではないが、忌み嫌う気持ちも持っていなかった。

たとえば西田少尉は、同じ基地の反対側にある大村空での実用機教程中に、佐世保空・大村派遣隊（三五二空の前身）の「雷電」が初めて空輸されてきたのを見た。そのとき「おもしろい飛行機が来た」と思って以来、ある種の興味を抱いてきた。菊地少尉も太丸い外形と、強力なエンジンによる飛行ぶりに関心があった。

すぐに離着陸の訓練に取りかかる。地上で機首を上げた三点姿勢だと、零戦と違い、前方が胴体に阻まれてまったく見えない。事前に離陸方向にある木などを目標に決め、尾輪が浮いたら、それを見つけて驀進（ばくしん）する。

海に面した大村基地。滑走路の長さのおかげもあって、「着速が大きいので少し心配だったが、やってみるとそれほど難しくない」と菊地少尉は感じた。座席はゆったりしているし、速度も上昇力も大きな「雷電」が零戦よりも好きになった。

離着陸が困難で故障多発、〝殺人機〟と他部隊で呼ばれた難物の「雷電」を使う以上、事故は起きる。金子少尉は滑油がもれてエンジン停止を二回経験し、芋畑への胴体着陸と、滑空で飛行場に降りて主脚を折損したが、負傷はなかった。彼は前方、後方の視界の悪さには、馴染（なじ）みにくかった。

着陸時、第一から第二旋回に移るころエンストをこうむった西田少尉は、失速しないよう脚を入れたまま、岸壁を避けてうまく着水。漁船に救われ、風邪を引いただけですんだ。「あんがい好きな飛行機だが、飛んでいるあいだ緊張が続く」との評価は体験に裏付けられている。

三五二空では「雷電為右衛門」から、「雷電」を「タメ」と呼んだ。部隊内に同姓の同期生が三名いて、甲戦隊に残った西田実少尉は「零戦」から「ゼロ西」、付属輸送機偵察員の西田武夫少尉は「ダグラス」から「ダグ西」。そして彼には「タメ西」のあだ名がついた。

十二月一日付で最初に進級した山本中尉は同月下旬、ベテラン葛原豊信上飛曹、ハイティーンの岩城秀夫飛長と、「雷電」三機を受領のため厚木基地へ出向いた。ひととおり飛べるだけの技倆にまで向上していたのだ。

厚木基地に隣接の高座工廠で、できたての二一型を受けとる。「試飛行済、だいじょうぶ」と言われて帰途につき、富士山をすぎるころ天候不良で山本機は分離。そのうえエンジンの音がやや怪しくなったので、鈴鹿基地に降りてチェックを受けた。

再発進後も不調音が続く。熊本県健軍の陸軍飛行場に降りてみたものの、手の施しようはなく、観念して大村基地へ向かった。まもなく始まったひどい滑油もれが、前部風防をまっ黒に染める。エンジンの出力低下で高度も下がっていった。

側方視界だけで小さな諫早飛行場を見つけて接近。油圧が効かないから、もぐるような姿勢で手動により脚を降ろす。出たと同時に接地したが、工事用のトロッコ線路に引っかかり、両脚を折って前にのめって停止した。

頭を防弾ガラスにぶつけたコブのほかは無事だった山本中尉は、「乗りこなすのは大変だが、乗りがいはある『雷電』」で、以後さらに二度の不時着を切り抜ける。

昭和19～20年の冬、青木分隊長の「雷電」二一型の横で撮影用のポーズをとる。左から金子喜代年少尉、青木義博中尉、山本定雄中尉、菊地信夫少尉。全員が予備士官。

訓練から作戦飛行へ

十二月下旬に杉崎大尉が飛行隊長に補任されて、主力の甲戦隊指揮に代わった。台南空で「雷電」搭乗の経験をもつ予学十一期出身の青木義博中尉が着任し、乙戦隊分隊長を継いだため、士官搭乗員の過半を予学出身者が占める、異例の「雷電」隊ができ上がった。

「雷電」に乗る予学十三期搭乗員は数を増す。二座（複座）水上偵察機コースを専修の星野正雄中尉は、佐世保空で二式水上戦闘機を愛機とし、十二月二十日に三五二空に着任。水上機から転科の零戦搭乗員は珍しくないが、「雷電」を飛ばした者は筆者の知るかぎり、ベテラン数名を除けば彼しかいない。少なくとも予学十三期ではただ一例ではなかろうか。

同じころか、昭和二十年の一月初め、第三分隊長なので「三番」と呼ばれた青木中尉から「貴様らも乗らんか」と誘われて、岸岡秀夫少尉と広崎良信少尉が慣熟飛行を始めた。だが一月十三日、広崎少尉は「きょうは調子が悪い」と言い残し、洋上の第二旋回で大村湾に墜死した。

予学十三期が初めて「雷電」で出動したのは十二月十八日。単機偵察のF－13（B－29の偵察機型）をねらって、予備士官では西田、山本、菊地、金子の四名が発進。金子少尉が二番機についた沢田浩一中尉（兵学校出身）編隊が空対空用の三〇キロ三号爆弾で攻撃したが、効果は分からなかった。

大村基地に隣接する第二十一航空廠が空襲を受けた一月六日にも、彼ら四名は搭乗割に含まれて、本格邀撃戦の空を飛んだ。

なかでも菊地少尉は、大村上空で直上方攻撃の第一撃を加えたのち、大陸へ向けてUターンする同一機をふたたび捕捉。同じかたちで再攻撃して白煙を噴き出させた。ついで別のB－29を直下方から撃ったとき、敵弾七～八発を浴びてエンジンが止まり、滑空、胴体着陸で帰還した。

また山本中尉と西田少尉も、甲戦隊の零戦とともに敵編隊を追い、長崎の西方洋上での協同攻撃に加わっている。

米第58機動部隊が九州を襲った三月十八日、ふつうの戦法ではグラマンF6Fに対抗しがたい乙戦隊一〇機（一三機？）は、午後二時から五島列島上空へ避退。ついで福江島飛行場に降着した。

このとき分隊長・青木中尉の小隊（区隊と呼んだ）は、二番機・山本中尉、三番機・金子少尉、また海兵七十二期の岡本俊章中尉の小隊も二番機・西田中尉、三番機・星野中尉と、どちらも四機中三機を士官が操縦する変則編隊だった。十三期予学が「雷電」と無縁の他部隊では、あり得ない搭乗割だ。

マリアナ諸島の第21爆撃機兵団による初の北部九州爆撃の三月二十七日、出撃した「雷電」九機のうち予学十三期は山本中尉、菊地少尉、星野中尉の三機。しかし、空域がB－29の飛行コースから離れていたため、三人とも「敵ヲ見ズ」で終わった。

山本中尉の三度目の胴着はそのあとだ。大村基地上空に帰投し、地上に敷かれた布板信号で風向を確かめて、高度二〇〇メートルで左旋回、海上からの着陸コースに入る。と、いきなり機首から黒煙を噴いた。ガス欠かと、燃料コックを切り換えてみたがダメ。

着水に決めて機首を下げ、降ろした主脚を引きこんで座席を上げたとき、まわりが海と分かると同時にドーンと着水。二回目の大音響のあと、防弾ガラスで頭を打って気絶した。

流入した海水で目を覚まし、機外へ泳ぎ出る。二度三度と引きもどされて、座席に敷いた落下傘の曳索の環が、飛行服の落下傘ベルトにかかったままなのに気がついた。

邀撃戦は続く

彼らが「雷電」乗りとして本番を迎えたのは、四月二十六日の夕刻に進出した鹿児島県鹿

屋基地でだ。先着七機のなかに山本中尉、菊地少尉、金子少尉の三名が加わっていた。

翌二十七日朝の第一戦では乙直（おっちょく）待機で発進せず、二十八日の第二戦にそろって出動した。

「今度こそあいつら（B－29）を追い返す」の決意で鹿屋に来た菊地少尉は、桜島上空ほぼ同高度に敵編隊を発見。上昇していては逃げられるため、うんと突っこんでからズーム上昇で直下方攻撃をかけた。B－29の外板に二〇ミリ弾の穴があくのが見える。

いったん離脱し、余力のないまま後下方攻撃を試して方向舵に被弾二発。超重爆が白煙を吐いたのを、望遠鏡で見ていた要務士が報告し、鹿屋での三五二空の初戦果として撃破が記録された。

来襲するB－29の高度が五〇〇〇メートル前後と低いので、直上方攻撃をかけやすい。一〇〇〇メートル上空から金子少尉が背面降下に移ったとき、滑油系統に被弾してエンジン停止。落下傘は開かないものと決めている少尉は、水田に胴体着陸し、左翼を電柱にぶつけて、気付いたら重い打撲傷を負って

南九州の山岳地域を越えて目標へ向かう第330爆撃航空群のB－29。胴体下面から半球形のレーダードームを出している。

三五二空の西田勇中尉と「雷電」三一型。前方視界を広げるため機首上面のふくらみを斜めに削ってある。

戸板に乗せられていた。

次の四月三十日は山本中尉が有効打を得た。三号爆弾二発を搭載して出動し、前下方に迫ってきた一〇機編隊のB-29をめがけて投弾ののち反転。背面から急降下に入れて、敵の尾部をこするように下方へ抜ける。次の攻撃に移行しかけるとき、B-29が黒煙を曳(ひ)いていくのが分かった。

この日の午後、西田中尉、葛原上飛曹ら補充の四機が鹿屋に飛来。ここで戦える三五二空の予学十三期は、また三名にもどった。

四日間の連続邀撃の次は、なか二日おいた五月三日。

桜島上空で直上方攻撃の逆落(さかお)としにかかった背面姿勢で、西田中尉のスロットルレバーが動かなくなった。出力増の状態で止まったため、そのままパワーダイブで突っこみ、引き起こそうにも操縦桿を引きもどせない。

助かる方法は落下傘降下だけ。身体半分が外に出たとたん、すさまじい風圧で意識が薄れ、開傘のショックで我に返った。着地したのは基地に近い野原で、足首の捻挫(ねんざ)だけですんだ。

乗機の「雷電」二一型一八号機は山にぶつかって四散した。

彼らの最後の戦果は、五月七日の菊地少尉による一機撃破。ただし少尉の記憶に薄いところから、「命中弾あり」程度の報告を、第一基地機動航空部隊（九州の航空戦を担当する第五航空艦隊の別称）司令部あたりが「白煙を吐く」に脚色したのかも知れない。

鹿屋基地で「雷電」を駆った十三期予学は、他部隊では三三二空の佐藤寛二中尉だけだ。さらに三五二空の派遣搭乗員一一名のうち、ほかに戦果（撃破）を挙げたのは、兵学校出の岡本中尉しかいない。この二点からだけでも、四名の奮戦ぶりを理解できよう。

六月上旬の三五二空昼戦隊の解散によって、甲戦隊員は二〇三空（ふたまるさん）と三四三空、乙戦隊員は三三二空への転勤が決まった。鹿屋帰りの菊地、西田、山本、金子各中尉と、大村で作戦飛行に加わった星野中尉、それに下士官搭乗員は、「雷電」に乗って鳴尾基地へ転勤した。途中、下士官の乗る機が故障し、瀬戸内海に着水、殉職した。

エンジンの故障経験ゼロの菊地中尉は、すっかり「雷電」を愛機に仕立て上げ、鳴尾基地で離陸直後に急上昇したら、司令の八木勝利中佐から「危ない」と叱られた。「雷電」での飛行時間が彼らより短い星野中尉は、零戦を主用したようだ。

しかし、まもなく本土決戦準備に移行して、「雷電」も零戦も温存され、邀撃に向かうことなく敗戦に至った。

三五二空における十三期予学搭乗員の、「雷電」を駆った活動は、少なからぬ数の生存同期生のあいだでも知られていない。〝殺人機〟と恐れられた機材を乗りこなして、超重爆B－29に立ち向かい、「やればやれる」を実践した彼らは、十三期出身者の誇りとされてもいいのではないか。

バリク邀撃(ようげき)、モロタイ夜襲

――斜め銃と爆弾を武器に

精油所を守る

◇昭和十四年（一九三九年）十月、海軍に入隊。第五期甲種飛行予科練習生出身の偵察員。十七年六月以降、軽巡洋艦に搭載の九四式水上偵察機で平穏なベンガル湾を飛んだのち、一転、激戦のソロモン、東部ニューギニア戦線を索敵飛行。

◇昭和十五年四月、海軍に入隊。第六期甲種飛行予科練習生出身の操縦員。十七年の秋から館山航空隊百里原(ひゃくりがはら)派遣隊で、九七式艦上攻撃機による鹿島灘沖の船団掩護に従事し、魚雷の航跡と潜望鏡を見つけて有効な対潜爆撃を実施した。

外地と内地、対照的なキャリアの甲飛予科練の先輩と後輩である、山田南八(なんぱち)一飛曹と畑尾哲也一飛曹が、夜間戦闘機「月光」の搭乗要員を養成する、厚木航空隊木更津派遣隊で出会

ったのは十八年の十月だ。

七月から木更津派遣隊にいた畑尾一飛曹が「月光」操縦の慣熟に励んだのにくらべ、接敵(射程内まで敵機に近づく)の機動を除けば実戦でひととおり経験ずみの山田一飛曹は、一ヵ月で錬成を終えた。重くて安定性に欠ける「月光」は「九七艦攻よりもずっと飛ばしにくい」と畑尾一飛曹が感じたのに対し、後席で偵察や通信を受け持つ山田一飛曹にとっては、居住性と操作性の点で「全般に九四水偵よりも楽」な飛行機だった。

「月光」の固定火力は、胴体の上面と下面から二梃ずつ、三〇度の角度をつけて突き出した九九式二号二〇ミリ機銃三型。海軍で斜め銃と呼ばれたこの特殊兵装が、機載式の攻撃レーダーをものにできず、視力と勘が頼りの日本軍にとって、夜間戦闘機用の唯一有効な武器なのだ。背中から撃ち上げる上方銃は敵機の後下方から、腹から撃ち下ろす下方銃は後上方から、それぞれ接敵し射撃する。各銃の弾丸は確実に出るように、一〇〇発弾倉に九〇発入れるのがふつうだった。

二人が同日付で上飛曹に進級して半年あまりの十一月十八日、転勤命令が出され、初めて畑尾—山田の固定ペアが生まれた(操縦者が機長を務めるのが原則の陸軍とは異なり、操縦員と偵察員の立場が五分五分の海軍では、階級上位者あるいは先任者が機長に任じられる。ペアの表記は操縦—偵察の順)。赴任先はセレベス(現スラウェシ)島ケンダリーに本部(司令部)を置く、零戦が主力装備機の第二〇二(ふたまるふた)航空隊。新品の「月光」一一型をもらって、原田義光飛曹長―堀内鋭一二飛曹ペアとの二機で五日後に木更津を発ち、台湾、フィリピン経由で二十八日にケンダリーに到着。

山田上飛曹が罹患したデング熱の治療や、新環境に順応するための慣熟飛行をすませたのち、十二月二十日にボルネオ島南東岸のバリクパパン（バリックと略称した）へ、一機だけが派遣された。

南房総沿岸を眼下に厚木空・木更津派遣隊の「月光」一一型が飛ぶ。速度性能は劣り、操縦が容易な機とは言いにくかった。

バリクパパンのマンガル飛行場は、西に高名な精油所と石油タンク群、北にサマリンダの油田をひかえた位置にある。八月中旬から米第5航空軍の第380爆撃航空群が、四発重爆撃機B-24「リベレイター」による空襲を始めたため、二〇二空に丙戦隊（夜戦隊）が新設されてまもない九月五日から「月光」三機が進出していた。

これが二機に減り、さらに一機が事故で落ちて、畑尾上飛曹―山田上飛曹機が行ったときには、高橋栄吉一飛曹―雅楽川正一飛曹ペアの「月光」一機だけ。それも事故で破損しており、高橋一飛曹の体調不良もあって、出動不能の状態だった。山田ペアはすぐに地形慣熟の昼間飛行にかかり、ついで夜間へ移行する。

暗夜の敵機の捕捉には、探照灯すなわちサーチライトの支援が欠かせない。協力相手の第二十二特別根拠地隊の探照灯部隊は、八基を持っているが腕が未熟だ。そこで二十二特根司令部と交渉し、翌十九年の一月十日までの合同訓練を約束。初めはまったく捕捉できない下手さだったが、次第に光芒(こうぼう)の動きが向上し、ついに捕まった「月光」の離脱が困難なほどに上達した。

タイミングが実によかった。慣熟飛行と訓練のあいだは現われなかった敵機が、訓練を終えて二日目の夜に――。

「ワレ撃墜二」

昭和十九年一月十二日の夜は満月だった。粗末な兵舎で夜間待機中に「(明るいから)今晩は敵さんも来ないだろう」とくつろぎ、やがて寝入ったところへ「空襲! 空襲!」の叫び声。当直の川野整備兵長がとびこんできて、事態を告げた。

兵舎を出てみると、バリクパパン精油所の上空が照射され、高角砲(高射砲の海軍呼称)が盛んに撃っている。敵機だ。飛行服姿の畑尾上飛曹と、半袖シャツの防暑服の山田上飛曹は、落下傘を着けるや懸命に「月光」へ走る。

五分で到着し、乗りこむとすぐに発動。斜め銃の二〇ミリ弾はいつも満載にしてあるから、そのまま離陸すればいい。時刻は十三日の午前一時。

B-24は高度三〇〇〇メートルの空域を、一機ずつ、一〇分間隔で入ってくる。夜戦にとって、やりやすいパターンだ。機長・山田上飛曹が読む的確なデータを聞きながら、畑尾上飛曹は敵よりも高度をかせぐ。

B-24がねらう精油施設の上空には、高角砲弾の炸裂が集中していて、近づけば味方撃ちに遭ってしまう。バリクパパン市街の西方、港の上空から一五~二〇分飛んだあたりが、恰好の攻撃空域だ。光芒に捕まった重爆の未来位置を読み、高度の優位を速度に変えて速やかに接敵せねばならない。緩慢な大回りの機動をとれば、爆弾投下後のB-24とさして速度が変わらない、最大速度五〇〇キロ/時の鈍足の「月光」では取り逃がす。

山田機長から「神技に近い腕前」と評される、畑尾上飛曹の操縦技倆はさすがで、敵の下方へきれいに潜りこんだ。だがエンジンを絞るだけでは、降下時の加速を殺しきれず、所期の位置よりも前へ出てしまう。

そこで、着陸に使う主翼の前縁スラット（細長い作動部）とフラップを少し開くと、行き脚が落ちると同時に、揚力が増して「月光」の高度がいくらか上がる。連動するスラットとフラップをすぐに閉じ、後下方の好位置にピタリと食いついた。この機の飛行特性をマスターしきった捕捉法である。

このとき探照灯の照射は止んでいたが、月明かりにジュラルミン地肌の重爆の巨体が判然と分かる。三〇メートルの高度差は、手を伸ばせば届きそうな感じだ。ねらい目は左翼の付け根。ここが酸素ビンの装備部と教えられていた。機長の指が「ワレ敵機ヲ捕捉セリ」の電鍵(キー)を叩く。気付かないらしく、敵の胴体下面と尾部の両銃塔は鳴りをひそめたままだ。

斜め銃の発射ボタンを押すと同時に、敵機の外板に赤い火がパッパッと散った。いきなり命中弾だ。六〇発ほども撃ったか、翼根から火が噴き出し、「月光」が左下方へ離脱した瞬間に爆発。左翼をちぎられたB－24が落ちていく。これが、八機ほど来襲した敵の五番機だった。

次の六番機が照射を受けている。注視する畑尾上飛曹に、「ワレ撃墜セリ」を打電した山田上飛曹が、ふたたび機速、高度、針路を明確に伝え出す。たとえ洋上はるかに出たとしても、機長の航法は万全だから、操縦員は捕捉に神経を集中できるのだ。不時着イコール戦死の可能性が大の、ジャングル上空を長時間飛ぶ方がいやだった。

敵機は離脱にかかった。攻撃空域に移動して占位できたが、やや出遅れたため、高度差が八〇～一〇〇メートルに広がった。

斜め銃の着弾は一機目よりも拡散し、左翼内側の第二エンジンから発火。そのまま上方銃の残弾すべてを撃ちこむ。火はいったん白煙に変わったが、追尾するうちに左翼根から炎があふれ出し、姿勢を崩したB－24は墜落していった。

一部始終を視認した山田機長が「ワレ撃墜二」を送信し、爆撃針路に入る七番機をにらみつつ帰投。兵器整備員に弾倉を換えさせ、再出動したときには、午前二時半まで続いた空襲は終わっていた。

難攻の四発重爆二機を屠った、まれに見る大戦果。空戦状況を望見したバリク入港の油槽船も、ケンダリーの二〇二空司令部へ宛てて、B－24撃墜のもようを打電していた。

丙戦派遣隊と同じマンガル基地に、三八一空（この時点では本部は愛知県豊橋。まもなくマンガルに移動）から派遣の零戦小隊がいて、二機で上がったが戦果を得られず、帰投後に搭乗員が「飛ぶだけで精いっぱい」「俺たちじゃ〔夜は〕だめだな」と語った。

ところが奇妙なことに、両航空隊が配属された第二十三航空戦隊司令部は十三日の午前、上層部への電報で「二〇二空及ビ三八一空バリクパパン派遣隊ガ……勇戦ヨクソノ三機ヲ撃墜セルハ大イニ可ナリ」と伝えた。さらに同航空戦隊の戦時日誌には「丙戦ニヨル撃墜三機（確実）、零戦ニヨル撃墜一機（不確実）」と記入した。

合わせて「四機」。二倍の水増しがなされた原因には、この方面の空戦戦果が稀有だった状況への反動があったのではないか。

三機目は飛行艇

絵ごころがある畑尾上飛曹は、愛機の垂直尾翼に「米軍のまねの感じで」白ペンキで、B

二〇二空・丙戦隊の山田南八上飛曹（左）と畑尾哲也上飛曹。後ろの尾翼は乗機「月光」一一型で、昭和19年１月13日のＢ－24撃墜マークが小さく描いてある。

－24のシルエットを二つ、小さく描きこんで戦果を示した。しかし重爆の空襲はとだえ、三つ目のマークを描く機会は来なかった。

そのかわりに、雨季に入った三月中旬から侵入を始めたのが、バリクの港へつながる水路へ機雷を投下に来るＰＢＹ「カタリナ」双発飛行艇。油槽船が三隻ほど被雷したため、山田ペアに邀撃が命じられた。打ち合わせ会議で、雨季の曇天暗夜には飛行も捕捉も困難な旨を話したら、「敵機は電探で『月光』を見つけて逃げるから、ただ飛ぶだけでも有効」との返事である。

二〇二空は十九年二月二十日付で第二十二航空戦隊に編入され、主力・零戦隊は内南洋のトラック諸島へ移動。切り離された丙戦隊は同日付で、マンガルに司令部が進出する三八一空に編入され、さらに四月一日付で戦闘九〇二飛行隊に改編、あらためて三八一空の指揮下に入る。

ＰＢＹは雨天を除いて、毎晩のように単機でやってきた。天候不良を押して「月光」が発進しても、探照灯が捕まえてくれないと接敵しようがない。光の帯は雲にはばまれて届かず、機上からは敵がめざす水路の位置さえ定かではなかった。

四月下旬（二十五日ごろ）、曇天をついて出動し、海面をおおう低い雲に悩みつつ、機位確認のために海岸線を探しているときだった。突然、ひとすじの探照灯の光芒が現われ、雲が白く浮かび出た。高度を下げつつ旋回中の畑尾―山田ペアは、雲をバックにPBYの機影を視認する。

PBY「カタリナ」の洋上飛行高度は低いケースが多い。「月光」にとっては後上方に占位し下方銃で攻撃するのが常道だった。

「月光」の高度は一〇〇〇メートル。飛行艇は右前方、五〇〇メートルほど下を飛んでいる。バリクパパンの西側の湾口上空あたりで捕捉し、機首下面の窓から機体全体をねらって畑尾上飛曹が下方銃を放つと、火がついたのが分かった。高角砲弾が離れた空域で炸裂していた。

雲中に姿を消したPBYは、港の岸壁付近に墜落した。マンガルに帰投後、山田上飛曹が指揮所で報告すると、高角砲も射撃したから協同撃墜だと言われた。二人が納得しにくかったのは当然である。

飛行艇の残骸は引き上げられ、島民も見られるように広場にロープを張って陳列した。撃墜記念に破片の一つを持ち帰った畑尾上飛曹に、皆が「そんなものを持っていると敵弾(たま)を呼ぶ」と、被弾の恐れを注意したそうだ。

二〇二空、三八一空の丙戦隊／戦闘九〇二飛行隊が、空戦であげた戦果はほかには、セレベス島マカッサル派遣隊の差し違えのB-24一機撃破(「月光」は不時着大破)が分かっているのと、バリ島デンパサルにいた原通夫(みちお)上飛曹—井戸善一郎少尉による「落ちたかも知れない」PBY一機だけ。畑尾—山田ペアの合計三機撃墜は、この方面における比類のない殊勲と評して過言ではない。

その後も暗夜の警戒飛行を重ねるうちに、疲労した二人は心身に変調をきたす。幾何学模様の幻覚が眼前に広がり、その時間がしだいに長くなって、やがて不眠につながった。偏流測定用の零式航空目標灯を海面に投下(浸水すると炭化石灰および燐化石灰が反応して数十分のあいだ発光する)し、推測航法を始めても、途中で分からなくなってしまう山田上飛曹。高度の低下に気付かない畑尾上飛曹が、プロペラで海面を叩き、後席から「起こせ！」と伝声管を通して怒鳴りつけたこともあった。

軍医から「航空神経症らしい」との診断が出た。彼らが復調したのは、雨季が明けたのち。捕捉を恐れる飛行艇の飛来が止まり、飛行作業を休める余裕ができてからだった。

「四」は死を意味しない

米陸軍第5および第13航空軍のB－24が、九月末からバリクパパンに連続の大空襲をかけてきた。三回目の爆撃は十月十日である。

第13航空軍2個爆撃航空群のB－24の空襲で、パレンバン精油所が燃え上がる。戦闘機が随伴すれば「月光」の出番はない。

マンガル飛行場にある戦闘九〇二の「月光」は、このとき最多の八機に増えていた。うち一機が、二～三日前に台湾・台南から畑尾―山田ペアが空輸してきた新品だ。この機はそのまま彼らの固有乗機と認められた。

それまでの二回の空襲は大規模だがB－24だけで来襲したため、三八一空司令部は「戦闘機は来ない」と判断し、搭乗員も同様の考えだった。

十日の午前八時三十分、西進する敵重爆群を捕捉とのレーダー情報が入電。索敵は一コースにつき一機で、八機全部が索敵に出たという。担当が四番線と知った山田上飛曹は「いやな番号だ」と、不吉な予感を覚え、無線電信機の受信が不調で送信しかできないと分かって、まずい気分をきわ立たせた。

予定針路を高度五〇〇〇メートルで飛ぶうちに、不能なはずの受信が山田上飛曹の航空帽の受聴器に聞こえてきた。「敵ハ戦闘機ヲトモナヘリ。高度ヲ下ゲ避退セヨ」。二番線担当機からだ。

山田機はすぐに降下、反転して、バリクパパン付近までもどってきた。空襲中の上空は大乱戦で、戦闘機の墜落のあとが空中と海面に数多く残り、洋上に落ちたB－24からは不時着水を示す黄色の蛍光染料が流されていた。武装が斜め銃だけの「月光」では、昼間空戦に参入しても落とされるだけだ。そこで、黄色の染料を見つけて人員救助にやってくる米軍の飛行艇、潜水艦を、近寄らせないように付近を飛び巡ったのち、被爆しなかったマンガルに降着した。

未帰還の「月光」は、明確に記した一次資料はないけれども、一～三番線の三機だったといわれる。敵の戦闘機随伴を打電した二番機もこのなかに含まれ、偵察員の福島亀男上飛曹は落下傘降下で生還できたが、操縦員は戦死を遂げた。
せっかくの通報が生かされず、上空から奇襲を受けるかたちで一方的に零戦がやられたのは、電信だった（電話では距離的に届かず、届いてもよく聞こえない）ために、邀撃に上がっていた搭乗員に内容が聞き取れなかったからのようだ。

重爆を護衛した第35戦闘航空群のP－47「サンダーボルト」は一機、第49戦闘航空群のP－38「ライトニング」は二機の「月光」撃墜を記録している。鈍重な双発戦に対する戦果の正確度は、対単発戦よりも高いから、戦闘九〇二の三機未帰還はおそらく間違いないだろう。

もし山田機が、四番線よりはマシな数字の一～三番線の担当だったなら、飛行技倆に秀でていても、敵弾に斃（たお）れた可能性は大きい。このあたり、苛烈な戦いを切り抜けるには腕のほかに強運が必要、という〝戦場の公式〟があてはまる。

「月光」を食った敵戦闘機の基地は、バリクパパンから一三〇〇キロ東北東のモロタイ島。九月なかばに米軍が上陸し、たちまち造成した飛行場や地上部隊の拠点へ、陸軍第七飛行師団の爆撃機が小規模な夜間空襲を加えている作業に、戦闘九〇二も協力する方針が決まった。いわば「月光」三機の弔（とむら）い合戦である。

最前線の飛行場ワシレ

「月光」がモロタイ攻撃に移行したのは、十九年の十月二十四日。三機が午前十一時にバリクパパンを離陸し、発進基地のセレベス島ケンダリーへ。ここから一日に一機ずつ、北東方向のハルマヘラ島を経由して、モロタイ島上空へ侵入する方策だった。

一回目と二回目の機は、無事に爆撃をすませて帰投した。現地からの無線報告により、モロタイ島南東部のポシポシ岬の上で二回旋回するのが米側の味方識別、と分かり、それを実践して奇襲できたのだ。

三回目の出撃に決まった山田上飛曹は、新司令の中島第三大佐から「今回も同じ手で大丈夫。米国には『二度あることは三度ない』ということわざがある」と聞かされた。日本機が三度も同じ手で来るはずはない、と敵は思っているから、その裏をかけば必ず成功する、と決めつけるのだが、ウソくさいことわざに頼るのは無策にすぎる。

そんな言葉を信用せず、バリクパパンから前進したケンダリーに、レーダー攪乱用の電探欺瞞紙があったので、偵察席に積みこんだ。錫箔のテープを一メートルほどに切ったもので、多数を夜空にまけばレーダー波が感応し、スコープに飛行機と同じ表示を生じさせる。かつて九四水偵に乗って、ソロモンで受けた敵の夜間レーダー射撃のすさまじさを味わわされた山田上飛曹は、三回目は騙しきれない、弾幕を張られると踏んで、欺瞞紙でねらいを外そうと考えた。

夕方六時三十分にハルマヘラ島ワシレの陸軍飛行場に着くように、ケンダリーを離陸する。モルッカ海は敵戦闘機の行動半径内なので、地上の警戒レーダーにかからないよう高度二〇

○メートルあたりを飛んだ。途中、指定時刻に長波の短符を一つだけ打電。ケンダリーで受信して「月光」が無事なのを知る取り決めだった。

時間ぴったりにワシレに到着し、椰子の葉をこするようにして、初めての滑走路に一発で着陸した。航法と操縦の腕の冴えだ。ひんぱんな敵の空襲に壊されないよう、待ち受けていた陸軍の整備兵が、すぐに機を掩体へ運んで隠蔽した。ハルマヘラの制空権など、とうに失われていた。

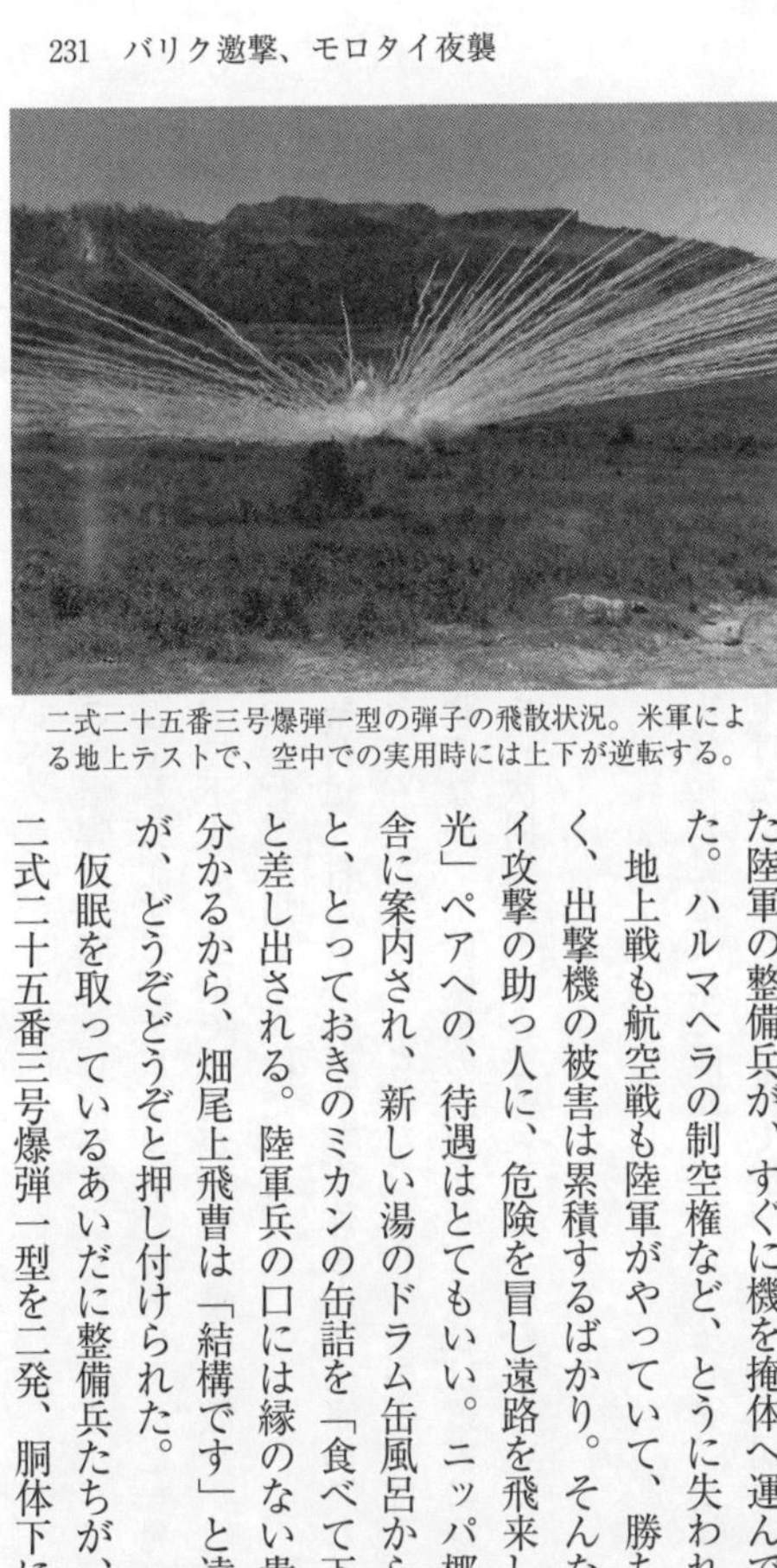

二式二十五番三号爆弾一型の弾子の飛散状況。米軍による地上テストで、空中での実用時には上下が逆転する。

地上戦も航空戦も陸軍がやっていて、勝ち目はなく、出撃機の被害は累積するばかり。そんなモロタイ攻撃の助っ人に、危険を冒し遠路を飛来した「月光」ペアへの、待遇はとてもいい。ニッパ椰子の兵舎に案内され、新しい湯のドラム缶風呂からあがると、とっておきのミカンの缶詰を「食べて下さい」と差し出される。陸軍兵の口には縁のない貴重品と分かるから、畑尾上飛曹は「結構です」と遠慮したが、どうぞどうぞと押し付けられた。

仮眠を取っているあいだに整備兵たちが、海軍の二式二十五番三号爆弾一型を二発、胴体下に取り付けてくれる。

二十五番は二五〇キロを示す。この爆弾は二四六キロだからよく合致するが、二〇〇キロ弱〜三〇〇キロの爆弾はみな二十五番と表記する。テルミット焼夷剤を入れた一発一八〇グラムの小型弾七七五個が格納され、投下すると空中で外殻が割れて傘状に散り、敵編隊を包む空対空爆弾である。これを地上の飛行機に用いる算段だった。

夜中に起こされ、航空服を着て飛行場へ行くと、「月光」が掩体から引き出されてあった。発進前、「すみませんが手紙を持っていって下さい」とわたされたのを引き受ける。ハルマヘラはいつ米軍が上陸しても不思議でない、玉砕候補の島だから、手紙は遺書に等しいのだ。さまざまな用途に使えるフンドシを、次回に持ってきてくれるよう頼む兵もいた。

弾幕をつらぬいて

午前零時三十分、おおぜいの陸軍将兵に見送られて離陸し、やがてモロタイ島にさしかかる。三〇〇〇メートルまで高度を上げたポシポシ岬の上空で旋回に入ると、司令の言葉とは正反対に、灯火が消えていき、陸上と艦艇からの激しい対空射撃が始まった。すぐにカウリングに一発を被弾。

「電探紙！」と言って山田上飛曹は、偏流測定時に開ける偵察席の下面の窓から、つぎつぎに数多（あまた）の細切りの銀紙をつかんでは放出する。シャワーを浴びせるような弾幕を、畑尾上飛曹のたくみな横すべり降下機動でくぐり抜け、山かげになる空域へ。米側はモロタイの地形がレーダー波をさえぎる不利を認めており、山田機の移動はこの点をうまく衝いたかたちだった。

陸軍機はモロタイで超低空を飛ぶと聞いたが、「月光」の高度は二五〇〇～三〇〇〇メートル。全速で敵の飛行場へ向かう。暗中に現われてきた白い線が、側方から見た滑走路だ。また対空砲火を見舞われる。炸裂が後方へ遅れるから、当たりはしない。「〔炸裂が〕前に来たときは危ないよ」。畑尾上飛曹の耳に、ガダルカナルの夜間射撃を知る機長の声がひびく。

降下しつつ、滑走路上空に突入。敵機がならんでいるかどうかは視認できない。高度は一〇〇〇メートル、一発目の爆弾を投下すると、機がスッと軽くなった。すぐ二発目が落ちて、さらに軽さを感じる。二〇〇～二五〇メートルの高度で小型弾が散る時限式だが、ながめる余裕などない。畑尾上飛曹は左へ急旋回、一目散に離脱した。

緩降下で海上に出たところで、沿岸に停泊中の艦艇が放つ猛烈な射弾を、ふたたび振りきって、そのままケンダリーへ機首を向けた。ワシレに降りても爆撃で潰されるだけだからだ。

畑尾―山田ペアのあとでモロタイ攻撃に出た「月光」の、一機または二機が未帰還だった。なけなしの夜間戦闘機を、夜間攻撃機として使わざるを得ない状況が、海軍航空の戦力不足を端的に示す。

彼らがモロタイ攻撃に飛んだ日は、十月下旬と十一月上旬のどちらなのか判然としない。

もし後者なら、山田上飛曹は一日付で進級しているので、飛曹長すなわち准士官の機長だったわけだ。

それはともかく、この気の合った甲飛予科練出身ペアが、夜戦の活動が比較的低調な南西方面（西部ニューギニアからインド洋にいたる海軍の作戦上の区域呼称）において、最高とすら評し得る傑出した戦功をもたらした「月光」搭乗員だったのは、間違いないと思われる。

主戦場は夜の沖縄
——特攻よりも夜襲の反復

日本人に欠けるもの

日本を取りかこむ海は古来、外敵の侵入を遮断(しゃだん)し、日本人を異国人との戦闘から守ってきた。したがって日本人は、長いあいだ国内での〝身内〟同士の小ぜり合いだけを繰り返し、容貌も思想もまったく異なった敵を防ぐ苦労を、ほとんど経験してこなかった。大陸の諸国がつねに隣国の侵略を恐れて、不断の努力をかさねてきたのとは対照的である。

人は環境を作るが、環境もまた人を作る。日本人がなにごとによらず、ねばり強さを要する受け身の持久戦が苦手で、いったん負け始めるとカッと熱くなり、あるいはガックリやる気が失(う)せて、「だめなら華と散る」「どうにでもなれ」など短絡的な思考に走りやすいのは、この地理的条件が大きく作用しているからに違いない。損害を最小限に留めていかにうまく戦い、勝ち目がないと分かればいかにうまく退却するか、といった長期的な戦略眼は、養わて乗りきりを果たせた。

だが近代に入ると、外国との衝突は避けられなくなった。さいわいなことに、日清戦争の相手はくたびれきった清国であり、日露戦争ではロシア帝政の腐敗と英米の思惑(おもわく)に支えられて乗りきりを果たせた。

このラッキーさにより、日本人の思想的欠陥は増幅し、太平洋戦争の末期に及んで一気に馬脚を現わすに至った。その最たるものが、高級指揮組織があるとはとても思えない拙劣な作戦、すなわち人命を無視した特攻攻撃の主戦力化と、一億総討ち死にを強制する本土決戦である。後者は未遂に終わったが、前者はおびただしい若者の生命を呑みこんだ。特攻が隊員たちの愛国心の発露だったにしろ、それを抑えて矛(ほこ)を納めるのが、戦争指導者たちのとるべき道だったはずだ。

人間を飛行爆弾の一部と化せしめた特攻作戦は、沖縄戦でピークに達した。約三ヵ月にわたる天一号作戦で、地上での損耗もふくめて陸海軍が失った三〇〇〇機近くの、実にその三分の二が特攻機だった。

しかし、隊員たちが抱く熱情をあおって迫る軍首脳部が、特攻しか思いつかず、必死戦法を恒常的にくり返すだけの悲惨な状況下で、ひたすら正攻法をとり続け、地道に戦い抜いた夜間戦闘機部隊があった。それが、異色の指揮官・美濃部正少佐のひきいる海軍芙蓉(ふよう)部隊である。

美濃部少佐を頂点とする隊員たちの戦いぶりの基盤は、日本人ばなれした〝しつこさ〟、言いかえれば「ねばり腰の強さ」にある。日本軍の思想、体質に欠けているものが、この部隊の骨格をなしていたのだ。

ソロモンからフィリピンまで

沖縄戦のために生まれたような芙蓉部隊は、戦闘第八〇四、第八一二、第九〇一の三個飛行隊で構成されていた。

戦闘第八〇四飛行隊と第九〇一飛行隊は昭和十九年（一九四四年）三月、戦闘第八一二飛行隊は十一月にそれぞれ開隊した。戦闘八〇四と八一二は、夜戦搭乗員の養成組織である厚木航空隊・木更津派遣隊が、海軍初の局地防空戦闘機隊・第三〇二航空隊に編入されたのち、枝分かれして生まれた飛行隊であり、戦闘九〇一は、初めて夜戦を使用したラバウルの二五一空・夜戦隊を改称したものだ。三個隊とも、やはり異色の指揮官といわれた小園安名中佐（のち大佐。終戦時三〇二空司令）の息がかかっている。

これら夜戦三個飛行隊は「月光」を装備して、十九年七月から年末にかけてフィリピンに進出。最終的に一五三空に所属して比島決戦を戦い、戦力を消耗したのち、残余の搭乗員たちは二十年一月までに内地に帰還する。

同じ夜間戦闘機隊でも、鎮守府司令長官麾下の局地防空夜戦隊（三〇二空、三三二空、三五二空に所属）が重爆撃機の邀撃を主任務としたのに対し、航空艦隊司令長官麾下の航空隊に所属する第八〇四、八一二、九〇一の各飛行隊は、防空と同等に、船団護衛や偵察、敵基地や艦船への夜間銃爆撃作戦を目標に置いていた。

このうち、戦闘九〇一の飛行隊長を務めたのが美濃部少佐である。

作戦面でも伝統にとらわれて、融通がききにくい海軍のなかにあって、アイディアマンぶりを開戦以前から発揮していた美濃部少佐が、芙蓉部隊の原型を思いついたのは、水上機部隊・九三八空の飛行隊長としてラバウルに着任してから、二ヵ月がすぎた昭和十九年一月だった。そのころのソロモン諸島は制空権を完全に米軍ににぎられ、ラバウルは連日の空襲を受けて、八〇機の零戦は邀撃で手いっぱいの状態である。

精神障害で入院している年若い操縦員の「零水偵で銃爆撃に行きたい」との言葉にヒントを得た美濃部大尉（当時）は、零式水上偵察機に乗って、敵の制圧下にあるブーゲンビル島ブインへ前進。大胆にも中部ソロモンまでなんどか夜間偵察を実施したのち、ニュージョージア島の飛行場を爆撃して帰ってきた。この実験飛行で夜間銃爆撃戦法に確信を抱いた大尉は、九三八空の装備機の一部を零戦にしてもらうよう、南東方面艦隊司令長官あてに意見具申した。零水偵よりも速度、機動性、火力に富み、航続力も充分にあるからだ。

水上機部隊に零戦をほしい、という異例の願いは、これまた異例にも許可された。だが、トラック島で零戦を領収し、部下とともに訓練を進めていた二月中旬、米艦上機群の大空襲を受けて機材は全滅。美濃部大尉は内地へ飛んで、軍令部に再入手をかけあった。最終的に源田実部員（のちの三四三空司令）の判断で、一個飛行隊の新編が実現。ここに、海軍戦闘機隊が始まって以来の、水上機操縦員を中心にした零戦夜間攻撃隊が実現するかに見えた。

水上機操縦員を軸にしたのは、彼らが夜間飛行に長じているためである。

けれども、ことはそうかんたんに運ばない。

この新編の戦闘第三一六飛行隊は四月から厚木基地で訓練に入ったが、指揮をあおぐ三〇一空の司令・八木勝利中佐と衝突した。三〇一空は二個飛行隊編制で、もう一隊の戦闘六〇一は局地戦闘機「雷電」を装備している。

八木中佐はマリアナへ出て「雷電」による邀撃戦を指揮するつもりだったが、重爆殺しが目的の局戦は、対戦闘機戦が苦手である。そこで、戦闘三一六の零戦に敵戦闘機を受け持たせる腹だった。一方、美濃部大尉は「零戦で格闘戦をやって、五機や一〇機を落としても仕方がない。

ソロモンの水上基地で零式水上偵察機一一型が整備を受ける。エンジン、機体とも可動率が高い実用性に富んだ機材だった。

いた。

戦力を索敵と銃爆撃に二分して、発艦作業にうつる前の敵空母に攻撃をかける」案を持って

司令と飛行隊長の意見は平行線をたどり、結局、出動直前になって、三〇二空への転勤が大尉に発令される。構想の実現を断たれて失望した大尉は、小園司令になだめられて三〇二空・第二飛行隊（夜戦）の長になり、ふたたび対機動部隊用の零戦の夜襲隊を作り始めた。ところが七月下旬、またも転勤辞令が来た。フィリピンにいる夜戦隊、戦闘九〇一の飛行隊長に任じる、というのだ。戦闘九〇一の装備機は「月光」である。彼は小園中佐の世話で零戦五機を余分にもらって、ミンダナオ島ダバオへ赴任した。

しかし、フィリピン防衛の第一航空艦隊の邀撃態勢は到底なされておらず、昭和十九年秋から年末にかけての比島航空戦は後手後手にまわる。戦闘九〇一も、十月にフィリピンに進出した戦闘八〇四、十一月に来た戦闘八一二も、ろくに補充を受けられないまま、壊滅状態におちいって二十年一月末までに内地へ引きあげたのだ。まとまった戦力を擁して敵をたたく美濃部構想を、実現できようはずがなかった。

練度向上をめざす

フィリピンからもどった夜戦三個飛行隊は、異なる道をたどって再度集結する。

すなわち、最も早く昭和十九年七月からフィリピンに展開していた戦闘九〇一は、十一月

〜十二月に帰還して七五二空、ついで二〇三空（ともに基地は千葉県）、そしてふたたび七五二空の指揮下に入ったのち、昭和二十年三月五日付で一三一空に編入される。戦闘八一二は内地に帰り、七五二空をへて三月五日付で一三一空の指揮下飛行隊に加わった。残る戦闘八〇四はいったん北東空に所属して、北海道の千歳基地に移動、三月二十日付で一三一空に移っている。

東日本を担当区域とする第三航空艦隊の、配属部隊の一つ七五二空は、一式陸上攻撃機、陸上爆撃機「銀河」、艦上偵察機「彩雲」の計四個飛行隊を戦力とし、千葉県木更津基地に司令部を置いていた。美濃部少佐は七五二空の司令部に、戦闘九〇一飛行隊の香取基地への受け入れを要請したが、「満員」と断わられ、零戦を駆ってあらたな候補地を空中から探した。

見つけた候補地は、滑走路があるだけの静岡県藤枝基地だった。調べると横須賀空がたまに使っている程度なので、ここを錬成基地に決定。藤枝は、基地だけを掌握する乙航空隊の関東空の管轄下にあり、戦闘九〇一は七五二空に所属のまま、かたちの上で関東空の指揮を受ける立場に置かれた。

基地が決まれば、つぎの問題は使用機材だ。使い続けてきた「月光」は十九年十月で生産を閉じていて、定数の四八機はとても集まらないし、補充も不可能だ。半分は零戦にするとして、残りは別の機材をそろえねばならない。

藤枝基地の「彗星」(正確には二式艦上偵察機一一型)と戦闘第八〇四飛行隊の佐久間秀明少尉(操縦)。左遠方に戦闘九〇一が整備する零戦五二型が見える。

結局、液冷エンジンで可動率が低く、生産機があまっている艦上爆撃機「彗星」一二型を指定された。ラバウル以来の夜戦乗り・陶三郎飛曹長らが厚木でまず慣熟飛行を開始し、逐次、藤枝に運んで操縦訓練を進めていく。

搭乗員はフィリピン帰りを基幹とし、これに水上機などからの転科者と飛行練習生教程を出た新人を加えて数をそろえた。

二月早々には戦闘八一二が七五二空に編入され、その隊員も藤枝に集まってきた。三月に入って戦闘九〇一と八一二は一三一空の指揮下に移り、同月下旬には北海道から戦闘八〇四が加わって、三個飛行隊の藤枝集結が完了。一三一空は艦上攻撃機「天山」の二個飛行隊を戦力とし、千葉県香取基地に司令部を置く部隊だから、遠く離れた藤枝の夜戦飛行隊とは、書類上の上下関係があるにすぎなかった。

「彗星」艦爆に斜め銃を装備した夜戦型は、横須賀空や三〇二空など防空任務の航空隊で使われている。藤枝基地の一三一空夜戦隊の「彗星」も当初のうち、九九式二〇ミリ機銃一梃を後部風防から突き出していたが、本来の任務は敵艦船、敵基地の銃爆撃にあり、斜め銃は付け足しにすぎない。事実、多忙もあって改造にまで手がまわらず、斜め銃装備機は次第になくなっていく。つまり一三一空の夜戦三個飛行隊は、「彗星」艦爆を主力とする異色の夜間戦闘機隊で、その主任務は夜の銃爆撃、というややこしい定義がつくのである。

定数（規定による装備機数）が二四機の戦闘八〇四と八一二は、全機「彗星」だったのに対し、前述のように、定数が二倍の戦闘九〇一は「彗星」と零戦五二型を併用した。零戦も初めは少数機に斜め銃が積まれていたが、消耗してまもなく通常型だけを装備する。

これら三個夜戦飛行隊は香取にいる一三一空司令の指揮を受けているわけでなく、また基地を持つ関東空の管轄下にあっても命令は出されず、事実上、独立した組織だった。そこで別個に三個隊を統合する新名称をつけることになり、基地からながめられる富士山の別称「芙蓉峰」から、「芙蓉」部隊とする案が採用された。

もちろん軍隊区分の制式名称ではないが、このニックネームは海軍部内でも定着し、三航艦・芙蓉部隊で通じる存在に変わっていく。

一三一空飛行長の内示を受けたまま、戦闘九〇一飛行隊長を兼務していた美濃部少佐に、三月五日付で飛行長の正式発令があり、後任飛行隊長には江口進大尉が補任された。戦闘八〇四飛行隊長は川畑栄一大尉、戦闘八一二飛行隊長は徳倉正志大尉のままだ。

二月末、木更津で三航艦司令部主宰の作戦研究会が開かれ、沖縄を最終決戦場とみなして、練習機の特攻攻撃を主体にすると決定した。「時間がない」「燃料がない」と唱えるだけの、無策の将官、大佐、中佐がいならぶなかで、末席にいた美濃部少佐は気力をふるって立ち上がり、「特攻よりも、機材を秘匿し、少ない燃料で技倆向上をはかっての夜間銃爆撃」を敢然と主張した。

その後、藤枝の訓練状況を見せるなどの努力で、芙蓉部隊は特攻任務からはずされ、第七基地航空部隊の一翼をになって、天一号作戦にそなえる態勢を許された。

首脳部と真っ向から対立した以上、美濃部少佐は夜間銃爆撃、すなわち夜襲作戦をみごとに成功させねばならない。彼が立案、実施した戦力の強化策は、夜間行動能力の向上と新兵器の積極採用、機材の隠蔽（いんぺい）に集約できよう。

20ミリ斜め銃を装備(風防上のアンテナ柱と交差)した戦闘九〇一に配備の「彗星」一二戊型夜戦。前に立つ人物は左から近藤博、島川龍馬、浜名今朝次飛長。

全隊員に昼夜逆転の生活と作業を課して闇になれさせる。基地の立体模型を作っての地上教育の徹底、気象データを収集して天候の把握に努め、これを利用して航法能力を向上させる。攻撃隊とは別に、陽動隊を出して敵を牽制。試作中の一四・五キロ二十八号ロケット爆弾と、光を投射し地上からの反射光に感応して炸裂する一九五キロ三一号光電管爆弾を入手し、実用するなど、多くのアイディアが具体化されていった。

練度の向上をはっきり表わす数字がある。

三月十日の時点で、芙蓉部隊の搭乗員数は操縦と偵察を合わせて二二六名。このうち夜間作戦を確実にこなせるA級が六〇名おり、全体の二七パーセントを占める。これに対し、同部隊をのぞく天号作戦参加の三航艦と五航艦の戦闘機および攻撃機航空隊の、夜間可能の平均値は一六パーセントでしかなく、航空隊ごとに比べても、この比率はトップである。また、一月なかばの戦闘九〇一搭乗員二八名のうち、A級が三名しかいなかったのが、七八名中一九名へと増えているのが、錬磨の証しと言える。

美濃部式錬成を理解した隊員たちは、努力をかさねて着実に腕を上げていったのだ。これは搭乗員についてだけではない。エンジンと機体を扱う整備員、武装担当の兵器員の腕前も、間違いなく向上を見せていた。

鹿屋からの序盤戦

沖縄戦を担当する五航艦。その助っ人の役目を負って、三航艦は三月下旬から保有戦力の南九州進出を開始する。このころの芙蓉部隊の保有機数は、「彗星」約五〇機、零戦約二〇機。このうち練度の高い戦闘九〇一と八〇四の主力、戦闘八一二の一部の合計四一機（うち

一三一空飛行長・美濃部正少佐。
20年３月30日の鹿屋への移動時。

零戦一六機）を、三月三十日から進出基地の鹿児島県鹿屋に送りこむ。残留搭乗員は藤枝で錬成を続け、技倆が上がった者を逐次、鹿屋へ出す方針を採っていた。

天一号作戦発動六日後の四月一日、米軍は沖縄本島に上陸、労せずして北飛行場（読谷）および中飛行場（嘉手納）を占領した。芙蓉部隊はこの日から作戦行動を開始し、五日まで南西諸島方面の索敵攻撃を実施したが、会敵の機会を得なかった。

陸上戦闘の不振をみた海軍は、陸軍の同調を得て、特攻機を中心にすえた航空総攻撃、菊水一号作戦を四月六日に開始。以後十号までに及ぶ、菊水作戦の幕が切って落とされた。平均年齢二十一〜二十二歳、芙蓉部隊の隊員たちの苛烈な長い戦いは始まった。

菊水作戦初日の出撃は午前三時十五分。進撃した「彗星」六機と零戦四機は、大隅半島佐多岬を基点として単機ずつ索敵。南西諸島の西方を飛び、伊江島周辺の敵艦船に二十八号ロケット爆弾を撃ちこんだ。戦果は巡洋艦三隻に直撃弾、輸送船一隻炎上と報じられたが、はやくも芳本作治郎一飛曹と塩川順三郎一飛曹の零戦二機の未帰還が記録された。

翌七日、陸軍の百式司令部偵察機の特攻二機を突入させるため、「彗星」三機が昼間出撃した。「彗星」一機はエンジン不調で引き返し、残る二機が誘導と牽制の電探欺瞞紙（錫箔を貼った細長い紙の束。レーダーに感応する）散布をそれぞれ担当。散布機はもどったが、決死の言葉をもらして出た宮田治夫上飛曹（操縦）―大沼宗五郎中尉（偵察）の誘導機は、「敵空母四発見」を打電ののち連絡がとだえた。

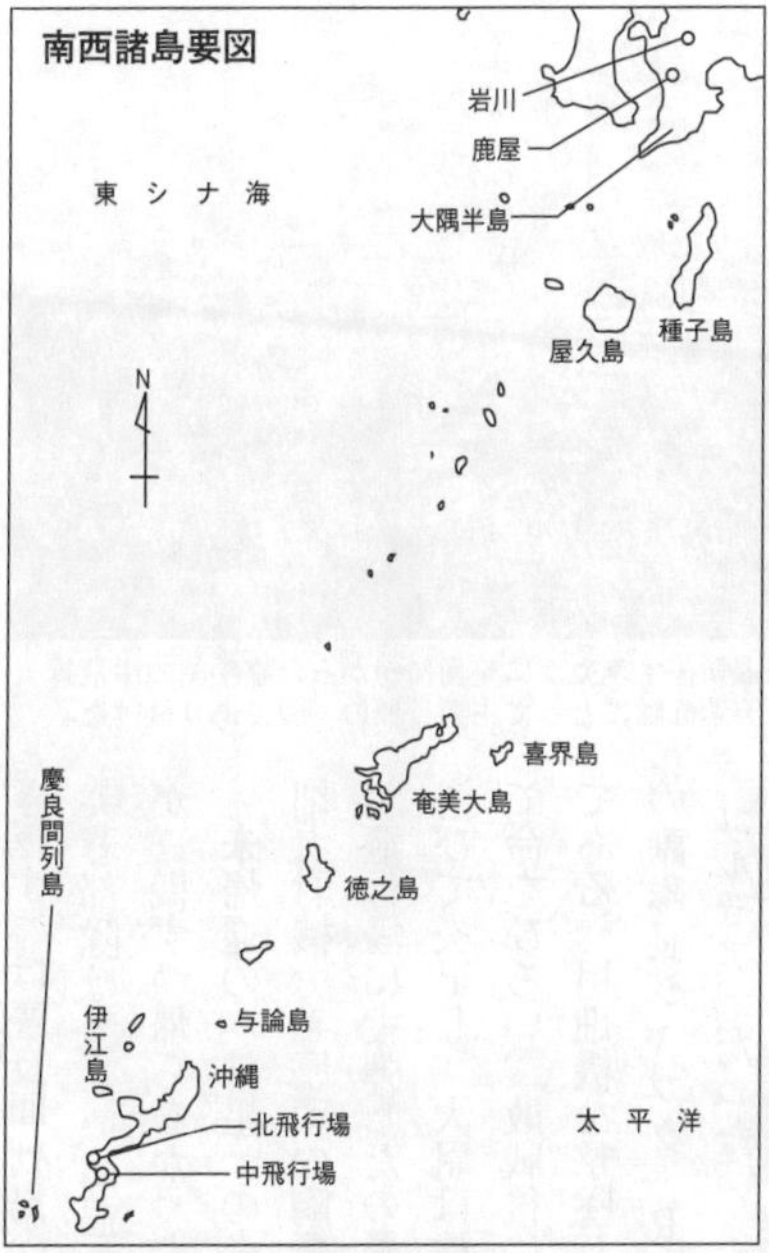

四月八日から降り続いた雨も十日に上がり、十二日には菊水二号作戦に移行。一日の上陸そうそうに米軍が奪取した北および中飛行場のうち、北飛行場には早くも翌二日に観測機が降り、七日と九日には両飛行場に海兵隊の四個戦闘飛行隊ずつが展開して、作戦を始めていた。

南西諸島要図

十二日の未明に出撃した「彗星」八機（うち二機引き返す）の目的は両飛行場の撃破で、零戦七機（うち四機引き返す）は慶良間（けらま）列島の飛行艇泊地攻撃だった。だが、芙蓉部隊は激しい出血をしいられた。「彗星」と零戦が三機ずつ帰らなかったのだ。

未帰還の「彗星」の一機は戦闘八〇四飛行隊長・川畑大尉機で、歴戦の陶飛曹長の操縦だった。川畑機は北飛行場に投弾したのち、背後から敵戦闘機の射弾を浴びて炎上し、大尉は機上戦死。飛曹長は落下傘降下で命をひろい、敗戦後に沖縄を脱出して内地へ帰るのである。川畑機を撃墜したのは、第322海兵戦闘飛行隊の副隊長ジャック・R・マチス少佐のF４U－１D「コルセア」だった。

中飛行場の米軍は早朝に、日本機二機からの爆撃を受けている。これが、残る二機の未帰還「彗星」の戦果だった可能性が強い。

米軍が占領後すみやかに整備にかかった嘉手納の中飛行場は、芙蓉部隊にとって主要目標の一つであり続けた。

一方、零戦隊は進撃した全機を失った。慶良間列島往復は航続力の限界に近く、少しでも航法を誤れば鹿屋にもどってこられないのだ。うち一機は米海軍のF６F－５N「ヘルキャット」夜間戦闘機に食われたものと思われる。

ほかに早朝、特攻援助の電探欺瞞紙散布のために出た「彗星」二機は、どちらも帰ってこなかった。芙蓉部隊の半年間にわたる夜襲作戦で、合計九機の損失を出したこの十二日は最悪の厄日(やくび)と言える。

菊水三号作戦初日の四月十六日、「彗星」三機、零戦三機が北および中飛行場を襲い、いずれも銃爆撃を加えて、零戦の照沼光二中尉のみが未帰還だった。照沼中尉は弾丸がつきるまで北飛行場に銃撃をくり返し、七ヵ所を炎上させたのちに自爆。このもようを目撃した陸軍地上部隊から、感謝の電文を受けたほどの攻撃であり、芙蓉部隊の戦死者で最初に二階級特進を認められた。

苦心の夜間洋上航法のすえに到達する沖縄の飛行場では、おびただしい対空火器が待っていた。探照灯のレーダー照射にたちまちつかまり、すぐに至近弾がやってくる。そのすさまじさは、この日の夕刻に陸軍の四式戦闘機「疾風(はやて)」を撃墜した味方の海兵隊機にさえ、六個の穴をあけたほどだった。

秘密基地・岩川

犠牲をかさねながらも、飛行場攻撃や機動部隊索敵攻撃をねばり強く続けていく。少数機による点滴攻撃ばかりではなく、菊水三号作戦最終日から四号作戦初日にかけての四月二十七～二十八日の夜、六次にわたる連続夜襲攻撃の合計参加機数は「彗星」二五機、零戦八機および、続く二晩にはそれぞれ一三機と四機、一二機と二機を発進させている。

難しい夜間作戦で、これだけの出撃機を用意できた理由は二つある。一つは、藤枝に後方基地を持っていたおかげで、未熟者の教育を無理なく進められた。四月二十一日の時点で、「彗星」四〇機、零戦一四機を鹿屋に展開できたのは、十五日と二十一日の二回の戦力補充が藤枝からあったためだ。

もう一つは、地上員たちの努力である。整備員は機器材取り扱いの習熟に全力をかたむけ、懐中電灯のあかりを頼りに連夜の整備を続行。零戦なら九割、可動率の低さで定評のある「彗星」を実に八割まで出動可能にしたのだ。過充電だと使い物にならなくなる光電管爆弾をはじめ、試作火器をふくむ多種多様な武装を、確実に炸裂させようと努める兵器員のがんばりも、甲乙つけがたかった。

四月下旬には、日本軍の航空攻撃はしぼみだした。芙蓉部隊を例外として、三航艦、五航艦、それに台湾の一航艦は、持てる戦力が底をつき始めたからだ。対する米軍の威力は強まる一方で、主力基地・鹿屋へ次々に空襲をかけてくる。

このままでは芙蓉部隊も作戦続行が困難化するが、他隊や五航艦司令部といっしょに北九州へ後退するなら、航続力の点から沖縄夜襲をあきらめるしかない。そこで美濃部少佐が目をつけたのが、鹿屋の北東三〇キロほどにある台地、岩川だ。

海軍が用地を買収していた岩川には、不時着用の滑走路が一本あるだけだったので、五航艦設営隊の協力を得て基地化に取りかかる。

海軍買収用地五三〇ヘクタールのうち、滑走路と誘導路に使うのは一〇分の一以下。草地に牛を放牧し、木を植えて移動式家屋を設置。周辺では農家に作物を作らせ、機材は林の中に隠蔽し枝をかぶせる、青草を刈って露出地面をおおう、という徹底的なカムフラージュをほどこした結果、夜明けに帰投した機でもよく探さないと見つけられないほどの秘密基地ができ上がった。

岩川基地ではすべてが隠蔽された。擬装された粗末な建物が芙蓉部隊の本部だ。戦闘九〇一の零戦搭乗員・尾形勇飛曹長が、決意のはちまきを締めて看板の横に立つ。

岩川への移動は五月十三日に始まり、一〇日後に展開を終え、二十五日から出撃を開始する。この移動のテンポも、ふつうでは考えにくい速さだった。

芙蓉部隊の強敵は、対空火器のほかにもう一つあった。沖縄本島に展開する米軍の夜間戦闘機、F6F-5Nと伊江島のP-61「ブラックウィドウ」である。地上レーダーに誘導されて接近ののち、自機のレーダーで、肉眼が頼りの日本機を捕捉するのだ。

敵夜戦に追われた、との報告が初めてもたらされたのは五月十一日。この日の未明に北飛行場を爆撃した「彗星」が、夜明けごろに与論島北方を北東へ向けて帰還飛行中、後方からF6F二機の銃撃を受けた。この敵は第543海兵夜間戦闘飛行隊の所属機で、「三式戦（同じ液冷機のための誤認）、一機撃墜」を報じたが、「彗星」は尾翼に被弾しただけで岩川に帰っている。

敵夜戦を発見したら、いち早く電探欺瞞紙をまいて「之」の字のジグザグ機動で射撃の軸線をはずし、急降下で逃げる、という手を打った。しかし、こんな消極策だけでは撃墜される機が増えるため、芙蓉部隊は一部戦力をもって敵夜戦の制圧をはかった。

斜め銃はあくまで対大型機用の兵装であり、俊敏な夜戦相手では命中弾を与えにくい。それでも六月十日、唯一の戦果があがった。夜戦狩りをめざす中川義正飛曹―川添普中尉の「彗星」は、午前二時に敵二機と遭遇し、立体機動空戦に持ちこんで斜め銃で一機を仕留めたのである。

昭和二十年は雨が多く、六月十一日から二十日まで悪天候が続いた。搭乗員たちは出撃のかなわぬ空を見上げながら、次の作戦のために地上でできる訓練や座学を進め、精神の弛緩を防いだ。

ようやく六月二十一日には天候が回復。菊水十号作戦のもと、伊江島攻撃に「彗星」九機、索敵攻撃に零戦六機をくり出した。だが、十号作戦は翌二十二日に終止符を打つ。二十三日に沖縄守備の第三十二軍司令官・牛島満中将が自決し、組織的な地上戦が終わったからだ。海軍は三ヵ月にわたる天一号作戦の敗北を認め、沖縄を放棄して本土決戦の決号作戦準備に移り、三航艦も九州から航空戦力を引きあげた。

しかし、芙蓉部隊だけは岩川にとどまり、以後も攻撃を続行する。七月二十五日には機動部隊索敵攻撃に零戦八機が二機ずつ四コース出て、第一索敵線の二機が敵潜水艦を銃撃。別に「彗星」八機と零戦三機が、南西諸島周辺の潜水艦狩りに発進した。さらに二十八日未明には「彗星」一五機が北飛行場と伊江島攻撃に、「彗星」四機と零戦七機が機動部隊索敵攻撃に、零戦四機が対潜掃討に出動している。

この時点で、これだけの夜間攻撃能力を備えているのは、驚異的ですらある。そして八月に入っても、なお連日十数機を南西諸島や沖縄に出撃させているのだ。

沖縄と伊江島の飛行場の整備が進み、五月下旬以降、九州来攻の敵機はしだいに数を増して、航空基地/飛行場がのきなみ空襲を受けたのに、岩川基地はついに敵襲に遭わなかった。搭乗員と地上員、それに基地隊員がかたときも怠りなく、秘匿の努力を鋭意続行した成果だった。

敵の九州上陸はまぢかいと考えた美濃部飛行長は、みずから二四機をひきいて、敵機動部隊に最後の攻撃をかける決意を固めていた。けれども、その機会はついにやってこなかった。八月十五日も沖縄方面へ薄暮攻撃をかける予定でいたところ、ポツダム宣言受諾の報告を午後二時に受け取った。

海軍が特攻主力化の道をまっしぐらに進むなかにあって、四ヵ月半も全力の夜間攻撃をつらぬいた芙蓉部隊の苦闘は終わった。延べ出撃機数六三〇機、戦死搭乗員約八〇名、未帰還四十数機——これが彼らの戦いの総括であり、誇るべき敢闘の記録であった。

あとがき

高いレベルの科学力、技術力、製造力が惜しみなく注がれ、きびしいテストと改良ののちに生産に移される制式戦闘機。部隊に配備されて、初めて実用機と呼ばれる。

今回の短篇集は、そうした実用戦闘機を海軍の操縦員がいかに乗りこなして戦ったかを、特定の個人あるいは組織を軸に記して、さまざまな戦局で浮き上がらせようと試みた。空戦の過酷を受け止めた人々の心理と行為に想いを巡らせていただくのが本意で、いたずらに英雄譚(たん)をつらねたつもりはない。

以下に一〇篇の特徴や思い出をつづってみたい。

〔忘れ得ぬ胴体着陸二回〕
初出＝「航空ファン」二〇〇五年八月号（文林堂）

片道半日がかりで本田稔さんに会いに出かけたのは、「紫電改」に乗った戦闘を聴くためだった。敗戦の年の経験だから、前段階である、零戦を駆ったラバウル、ソロモンの戦いも教えてもらう必要がある。

本田さんの話しぶりは終始、声も落ち着いていて、強い形容詞がまったく出ない。腕で激戦を切り抜けた人に共通の語り口だった。しかし一ヵ所だけ、語彙ゆたかに状況を説明したのが、ニューブリテン島ガスマタに不時着したさいの、ジャングルに集った鳥の群れについてだ。その不思議な情景が、私の脳裡にまざまざと再現された。

戦時の言動に誤解、違和感を覚えさせるおそれから、戦後の経歴にはつとめて関心をもたない方針なのだが、かねてＭＵ－２のスタイルが気に入っていたのと、戦闘機搭乗員とテストパイロットの心理面の差を知りたくて、つい質問をかさねた。なにを尋ねても的確な答えが返される。「大げさに書かれるのはいやだ。渡辺さんは事実だけを記述する人だから、話すんです」と言われたのがうれしかった。

戦時中の元隊員から「本田分隊士の指導はきびしかったが、それで生き残れました」と聞いていた。テスパイ時代の関係者の評は「逸脱しない男気と責任感を有する人」。違うようでいて、実は相通じた人となりだ。できる人間の一典型だろう。

テスト中に、これ以上はない見事な胴体着陸をこなしている。そこで、零戦とＭＵ－２の一度ずつの胴着を軸に書こうと決めた。

〔丙飛の零戦ここにあり〕

初出＝「航空ファン」二〇一七年五月号（同）

いまから三五年あまり前、まだ三十代前半の体力充分な当時も、取材は一日に一件と決めていた。面談はもちろん、電話の場合もほぼこれに準じた。

理由の第一は、事前の準備だ。他の取材資料、文献などで基礎知識を把握し、質問事項の要点を脳裡に描いておかないと、肝心なポイントをたずね忘れたり、周辺事情の聞き取りが不充分だったとあとで気づいて臍を噛む。なにより、対応してもらう被取材者に失礼だ。

もう一つは疲労。身体よりも精神的に疲れて、翌日もぐったりしているケースが多かった。限られた時間内に諸種の質問、依頼をし、筆記、複写などをすます。相手に回想への抵抗を感じる場合、疲れは確実に倍加する。

吉成金八さんとの面談は、こうした自分流の制限に従わなかった。

この日、同じ郡のなかで正午すぎから、別部隊の操縦員だった人（やはり丙飛予科練出身）との四時間の長めの取材を終えていた。吉成さんが同日二人目という〝掟破り〟だったのは、訪れる機会を得にくい隣接地域だからだ。バスにうまく乗れ、約束の時間には間に合った。実は内心、帰路につきたい疲労に襲われていたのだが。

ところが、消耗で多少ヨレていた頭は、メリハリが利いた彼の話しぶりにしゃっきりと立ち直り、質問しつつの筆記も着実に進められた。一人目の被取材者が別機種だったのが、かえってよかったように思う。

談話はその後に作った写真集に生かしたけれども、もっと詳述したい気持ちがずっと続いていた。ようやく実現したのが、なんと三六年後。心のすみにあった疲労の記憶が、薄まって消えていく感じがした。

〔隻腕（せきわん）操縦員〕

初出＝「航空ファン」二〇〇七年二月号（同）

日華事変の当初から参戦の戦闘機搭乗員で、昭和十八年（一九四三年）十一月にニューアイルランド島上空で戦い、B－24重爆の射弾を受け負傷した豊田耕作飛曹長。

太平洋戦争がまだ勝ち戦のころに実施（実戦用）部隊に入った戦闘機搭乗員で、十八年六月にソロモン諸島ルッセル島を攻撃中に被弾、負傷した柳谷謙治二飛曹。

彼らが傷ついたころに艦上爆撃機の教官の辞令で着任したが、実施部隊を望んで戦闘機に転科。二十年一月に豊橋上空でB－29と戦って負傷した森岡寛大尉。

三名に共通なのは、戦闘中に片方の手首を失ったのち、操縦員に復帰した事実だ。鉄の輪の義手で飛行機を操る微妙な操作は、ひどく困難だろうと誰もが想像するレベルを、実ははるかに超えている。成し遂げるまでの決意、気力と努力に対して驚嘆のほかはなく、敬服せざるを得ない。

なかでも森岡大尉は、第二次大戦中で最高性能を誇る戦闘機P－51D「マスタング」を確実撃墜した。陸軍の檜(ひのき)与平少佐が義足でP－51Dを落とした戦果（ともにパイロットが判明）と、まさしく双璧をなす。

〔特攻隊、海軍にただ一つ〕

初出＝「航空情報」一九八二年七月号（酣燈社）

日米両軍の空軍力の顕著な差の一つに、四発重爆撃機の有無があげられる。戦略、戦術の違いはともかくも、日本はついに四発重爆を実用できなかった。

陸海軍の戦闘機部隊はB－17、B－24の強靭(きょうじん)な耐弾特性、激しい防御火力に驚き、撃墜困難を報告した。最後に出てきたB－29の高空性能には歯が立たず、ついに陸軍は武装をはずした軽量化機による体当たり隊を編成し、出撃させる。

海軍には自発的な体当たりはあっても、対B－29特攻隊は作られなかった。例外的にただ一隊、フィリピンでB－24を落とすために編成されたのが金鵄隊だ。陸軍には対B－29用以外に空対空特攻隊はないから、著者の知るかぎり米重爆（B－17とB－24。B－29は超重爆）に対する特攻隊は、全軍で金鵄隊だけである。

この異色の隊の戦闘状況を述べうるのは、一九八二年初めの時点で津田義則さんしかいなかった。取材のさい驚かされたのは、津田さんの淡々とした語り口だ。あんな苛烈な経験を、よくもこれほど平静に話せるものと感じ入った。あるいは過酷であればあるほど、感情の起伏が削がれてしまうのか、と考えたほどだ。

〔獅子は吼えたのか〕

初出＝「航空ファン」二〇〇八年十〜十二月号（文林堂）

航空戦史の記述になじんできた一九八三年の初め、「雷電」と「紫電／紫電改」のどちらを手がけようか迷い、前者に決めた。局地戦闘機として、よりアクが強い飛行機なので、面白そうだったからだ。

「雷電」のあとに取りかかるはずだった『局戦「紫電／紫電改」』は、取材や調査は少しずつ進めたが、気合が充分に入らず、お蔵入りのまま陽の目を見ずに、企画倒れへ向かう。

人気が高い「紫電改」は本や記事がいくつもあるから、新たにかかっても、開発面でも戦歴面でも新味は少なく、自分流の評論に独自性を籠められるあたりがせいぜいで、もう私の出番はない、と判断し（うーん、早合点でした）、通史に挑むのは放棄した。

これと逆なのが「紫電」である。「雷電」の二倍、一〇〇〇機もの量産機が、隊員からどう評価され、いかに戦ってどんな戦果をあげたのか、きちんと書かれた記録を見た記憶がない。開発経過はすでに知られている内容でいいとして、唯一の外戦部隊・第三四一航空隊の、フィリピンにおける行動を残したいと考え、追加取材を進めて書き上げた。
脱稿して、「これで長篇の『局戦「紫電／紫電改」』の代わりを作れた」と気がすみ、心が休まった。

〔「J改」指揮官の個性〕

初出＝「航空ファン」二〇〇九年十一月号（同）

ただ一隊、「紫電改」を主力装備した第三四三航空隊の、戦闘三個飛行隊をひきいる隊長、鴛淵孝、林喜重、菅野直大尉は、異なった個性にもとづく優れたリーダーシップを発揮して、上下からの信頼を集めた。

別件を含めて関係者への取材をかさねるたびに、かねて流布されたこの講談的長所が、単なる伝説や脚色された半フィクションではなく、真実そのものなのだと思い知らされた。元司令や元飛行長が記した回想記の、三隊長に対する形容は、「かくありたれば」の希望的追憶ではなかったのだ。

部下だった人々が寄せてくれた、これまでに知られていない逸話をできるだけ入れて、その裏づけとし、勇戦敢闘、戦死に至るまでの足跡を追ってみようと試みた。

〔わが愛機は零戦、「雷電」「紫電改」〕

初出＝「航空ファン」二〇一七年十二月号（同）

空母と陸上基地から南東方面、中部太平洋方面において零戦でF6Fと対戦し、関東上空では「雷電」でB－29を追撃、鹿児島県を眼下に不調の「紫電改」でP－51にいどむ。

キャリアと実績は文句なし、歴戦の兵曹は年齢をかさねても強面（こわもて）の人物に違いない。勝手にこんな予想をして、関西の住まいを訪ねると、高石巧さん（戦後に杉滝から改姓）は、正反対の穏やかな、まだ若さが残る面持ちで迎え入れてくれた。

全然力まない話しぶり、困難や苦痛を思わせないムードの述懐だが、戦闘機乗りの体験としてピークの連続なのが、質問しつつノートに書き留めていてよく理解できた。いや、帰宅後に読み直して、あらためて驚いたから、充分に分かっていなかったと言えよう。

敗戦のようすまで聴き終えて、一息ついたとき、夫人が海苔巻きの皿を置いた。

「縁起のいい方向、恵方（えほう）を向き、そのまま黙って全部食べるんですよ」

未経験の風習だった。空腹気味なのでとてもうまく、丸かじりも気に入って記憶に残ったが、その後は見聞きしなかった。

ところが七～八年前か、関東のコンビニやスーパーでも恵方巻の名で、大がかりに売られているのに気がついた。面談時の高石さんの年齢をすぎたこのごろの著者は食卓に上がるつど、四〇年前の美味しさを懐かしく思うのだ。

〔出撃した予備士官たち〕

初出＝「世界の傑作機」№61一九九六年十一月（文林堂）

離陸時、尾部が上がった水平姿勢でやっと前方が見えてくる。翼面荷重が大きく、零戦のつもりで速度を落として着陸態勢に入れると、揚力を失って墜落する。機動は大味で、さりとて際立って高速とは言えない。エンジンに不調、故障を生じやすく、つねに不時着の可能性を意識せねばならない。離陸滑走を始め、飛行作業を終えて着陸、滑走がゆるまるまで緊張の連続。

これが「雷電」だ。「雷電」経験者にとっては、同じ局戦で飛ばしにくいと言われた「紫電」は、どうという扱いにくさもない飛行機だった。海軍きっての難物戦闘機に乗れるのは、下士官兵と特務士官、准士官、兵学校出身者、それに古参の予備学生出身士官。技倆不充分と判定された第十三期飛行専修予備学生出身の士官は零戦専門で、それですら作戦飛行の搭乗割に入れる者は多くなかった。

どの部隊もそんな状況なのに、「雷電」隊の士官搭乗員の主体を十三期予学出が占めた、ただ一つの例外が第三五二航空隊だった。いたずらにこの難物機を恐れず積極的に乗りこんで、B－29邀撃戦に加わった。固定観念にとらわれず、搭乗を許した飛行隊長も人物と言えた。

一種の因習打破を思わせる、パッとした話題が少ない「雷電」の好エピソード。

〔バリク邀撃(ようげき)、モロタイ夜襲〕

初出＝「世界の傑作機」No.57 一九九六年三月（同）

ラバウル、ソロモンでのB－17、B－24邀撃と、内地主要都市上空でのB－29邀撃。それ以外の地域での「月光」の敵機撃墜は低調で、戦果もわずかしかない。そのなかで、ボルネオにおいて三機撃墜の例外的記録を残したのが、機長／偵察・山田南八上飛曹と操縦・畑尾哲也上飛曹のペアである。

畑尾―山田ペアはまた、フィリピン決戦の前哨(ぜんしょう)たるモロタイ島の攻防で、飛行場爆撃にも従事した。これは対空弾幕の突破が必須条件の、斜め銃を使った重爆撃墜よりも厳しい任務と言えた。

この短篇には記さなかったが、さらに山田上飛曹はペアを変えてスラバヤで潜水艦を撃沈し、畑尾上飛曹は内地帰還後に豊後水道上空でB－29を撃墜する。これだけバラエティに富んだ戦功を納めた「月光」搭乗員はまれで、戦域と使い手によって多岐に戦えるこの機の能力も証明した。

〔主戦場は夜の沖縄〕

初出＝「丸」一九八四年十二月号（潮書房）

同じ題材で短篇と長篇を書く場合、まず長篇をものにし、その後にダイジェスト版としての短篇を手がけるのが普通だろう。ところがこれは、初めに短編ありき、だった。

正確に書くと、長篇「彗星夜戦隊」（現在はNF文庫の「彗星夜襲隊」）を書くために取材を進めていたら、異色の部隊の特集を企画した雑誌社が、それを聞きつけて依頼してきたのだ。部隊史の長篇は、軍事用語の頻出をふくめて、読者に興味を持続してもらうのが大変で、この点、エッセンスをならべれば過半が埋まる短編の方が御しやすい。ただし、材料とデータがそろったうえでの話だが。

本来ならまったくの正論である「特攻は考えない。正攻法での奮戦をめざす」が異端視されるほど、沖縄戦は特攻一色に染め抜かれていた。染めた者たちへの怒りが、長篇を書き上げる動機だった。途中、脇道に入るかたちで仕上げたこの短篇も、短篇なりに熱をこめて書いたつもりだ。

多くの大戦機ファンが関心を抱く、日本海軍の戦闘機。関係図書は数多（あまた）刊行されているけれども、渡辺流にまとめ上げたのがこの本、と感じてもらえるように心を配った。

努力の極みと形容すべき、人間と機材の接点、一体化を作中に見つけていただけるなら、著者の本望は成ったわけである。

本文中、会話の部分で〔　〕内は語り手が省略した言葉、（　）内は著者の注記あるいは補足を示している。

キリよくＮＦ文庫で一〇冊目の短篇集。これまでと変わらず、藤井利郎さん、小野塚康弘さんに全面的に編集面を担っていただいた。次作「陸鷲戦闘機」もご期待下さい。

二〇一八年六月

渡辺洋二

NF文庫

海鷲戦闘機

二〇一八年九月十九日　第一刷発行
著　者　渡辺洋二
発行者　皆川豪志
発行所　株式会社　潮書房光人新社
〒100-8077　東京都千代田区大手町一-七-二
電話／〇三-六二八一-九八九一代
印刷・製本　凸版印刷株式会社
定価はカバーに表示してあります
乱丁・落丁のものはお取りかえ
致します。本文は中性紙を使用

ISBN978-4-7698-3085-6　C0195
http://www.kojinsha.co.jp

NF文庫

刊行のことば

第二次世界大戦の戦火が熄んで五〇年——その間、小社は夥しい数の戦争の記録を渉猟し、発掘し、常に公正なる立場を貫いて書誌とし、大方の絶讃を博して今日に及ぶが、その源は、散華された世代への熱き思い入れであり、同時に、その記録を誌して平和の礎とし、後世に伝えんとするにある。

小社の出版物は、戦記、伝記、文学、エッセイ、写真集、その他、すでに一、〇〇〇点を越え、加えて戦後五〇年になんなんとするを契機として、「光人社NF（ノンフィクション）文庫」を創刊して、読者諸賢の熱烈要望におこたえする次第である。人生のバイブルとして、心弱きときの活性の糧として、散華の世代からの感動の肉声に、あなたもぜひ、耳を傾けて下さい。

＊潮書房光人新社が贈る勇気と感動を伝える人生のバイブル＊

NF文庫

大空のサムライ 正・続
坂井三郎
出撃すること二百余回——みごと己れ自身に勝ち抜いた日本のエース・坂井が描き上げた零戦と空戦に青春を賭けた強者の記録。

紫電改の六機 若き撃墜王と列機の生涯
碇　義朗
本土防空の尖兵となって散った若者たちを描いたベストセラー。新鋭機を駆って戦い抜いた三四三空の六人の空の男たちの物語。

連合艦隊の栄光 太平洋海戦史
伊藤正徳
第一級ジャーナリストが晩年八年間の歳月を費やし、残り火の全てを燃焼させて執筆した白眉の〝伊藤戦史〟の掉尾を飾る感動作。

ガダルカナル戦記 全三巻
亀井　宏
太平洋戦争の縮図——ガダルカナル。硬直化した日本軍の風土とその中で死んでいった名もなき兵士たちの声を綴る力作四千枚。

『雪風ハ沈マズ』 強運駆逐艦 栄光の生涯
豊田　穣
直木賞作家が描く迫真の海戦記！　艦長と乗員が織りなす絶対の信頼と苦難に耐え抜いて勝ち続けた不沈艦の奇蹟の戦いを綴る。

沖縄 日米最後の戦闘
米国陸軍省編
外間正四郎訳
悲劇の戦場、90日間の戦いのすべて——米国陸軍省が内外の資料を網羅して築きあげた沖縄戦史の決定版。図版・写真多数収載。